# 給新新人類

「新しい人」の方へ

大江健三郎

賴明珠——譯

# 目錄

# 黑柳女士的鼕鼕隊

## 1

今年新年期間，我翻開報紙時，看到一篇讓我們全家都很開心的報導，黑柳徹子女士得到某報社頒贈的社會重大貢獻獎。

同一個獎項，也曾頒給長期擔任廣島原爆醫院院長的重藤文夫博士。當他領獎時，我受託擔任得獎人生平介紹的任務。因此我每年的年初，就會想起重藤先生，並和內人談到種種事情。這麼重要人物的事情，在歷經一年之間，會在我們心中自然產生一些新的想法和感受。

我第一次遇到重藤先生，是在四十年前。如果要確認年數，只要問一下經常在我身邊的阿光「你今年幾歲？」就行了。阿光隨著頭上長的一顆大瘤般的東西出生時是六月，然後八月時，年輕的我去到廣島，當時對我說無論遇到什麼樣的困難都不要逃避，並鼓勵我的，正是重藤先生。

我會決定去跟重藤先生長談，是因為想聽一聽在廣島受到原子彈爆炸傷害的人，是歷經什麼樣的苦難才漸漸康復的——當然去世的人更多——，還有現在是如何跟難纏的疾病繼續奮鬥，因此我常常到原爆醫院去請教先生。

先生自己也受到原爆傷害。但並沒有因為負傷而氣餒。反而從當天就開始動手為被爆者治療。並且面對被爆者後續浮現的病症和新的困難，尋求解決之道。先生只是把其中發生了什麼事情說出來，卻給了我們很大的勇氣。我從廣島回到東京後，和年輕的太太一起盡最大的力量去照顧阿光。

現在從寫著這篇文章的房間，看得見昨天被雨濡濕的樹木的枝枝葉葉，看得見雖然還堅硬卻已經開始帶有柔軟感覺的冬芽。我想起那天的情景，想起重藤先生的話，像安靜的雨一般深深滲入我心中。

## 2

黑柳徹子女士，以聯合國兒童基金會（UNICEF）大使的身分，到世界各地，探視正在受著苦難、生活貧困的孩子，鼓勵他們，並把他們所過的生活反映給日本民眾。黑柳女士擁有電視媒體和文章可以作為武器，她總是那麼認真投入，而且長久以來持續不斷地努力。我每次在電視上看到黑柳女士新的報告時，都能看到她因為孩子們的苦難在她心中孕育而生的悲傷，這深深地觸動了我。

我寫了一封祝賀信給黑柳女士，並請內人幫我畫上花當作裝飾。坐在旁邊安靜沉思的阿光，沒有忘記和我一起上黑柳女士的電視節目時，自己所說的話真的得到她的充分理解，並笑得很開心。他把當時的回憶作成名為〈快嘴〉的曲子。雖然還只是最初的幾小節而已，但我也把那首曲子一併寄上。

黑柳女士寄來這樣的感想。

——我試著唱了那首曲子，但我真的嘴那麼快嗎？

## 3

然後過了一段時間，我到一個地方去演講。看到聽眾中有小學高年級生和國中生，而我所準備的話題中，有些部分我想可能只有大人才比較理解，於是我決定把這部分用別的東西來代替。那是個像短童話一樣的故事。前幾天在寫完信之後，心想如果受邀參加黑柳女士的慶祝會的話，我要準備朗讀，於是事先寫在筆記簿上。結果並沒有那樣的機會，這本大筆記簿是我在旅行時，和當時正在閱讀的書籍放在一起，經常帶在身邊。

我的故事，是從讀了黑柳女士最近的書所聯想到的事情而開始的。

小女孩經常站在窗戶旁邊，等著鼕鼕隊的遊行隊伍過來，她想等他們一來，就要馬上告訴教室裡正在一起做功課的同學。我想各位一定還記得黑柳女士的作品《窗邊的小荳荳》吧。

由於身為小說家的習慣，我有一個這樣的毛病，常會把讀過的故事，在記憶中改變成自己的形式，我想像女孩子「後來」變成這個樣子。

女孩子站在教室的窗邊等待鼕鼕隊。她只要一到學校，總是一直站在那裡等。鼕鼕隊卻老是不來。雖然如此，女孩子依然沒有放棄等待。她繼續站在窗戶邊，快來了吧，快來了吧，這樣認真地等待……

然後，鼕鼕隊終於真的來了！

好了，各位可能不太熟悉，什麼是鼕鼕隊呢？這是由三、四個人組成有鼓有笛的旋律樂隊，可能有彈三味線或吉他，和演奏手風琴或豎笛的樂手們，穿著古裝戲服，化著舞台妝，在街上走台步。這是從前對（廣告）宣傳隊帶有親切感的稱呼。我和「小荳荳」同樣年紀的時候，因為我們住的村子實在太小了，沒有鼕鼕隊會來，不過節慶的時候到鄰村去看熱鬧時，偶然會遇到覺得真漂亮、真精采的熱鬧好戲。

鼕鼕隊終於來了，少女一告訴教室裡的同學，大家就都聚集到窗邊來。還發生了過去從來沒有遇過的事情。平常如果上課中注意到鼕鼕隊的話，是會被老師罵的——雖然如此，級任老師卻沒有責備老是認為守候鼕鼕隊是一件大事的少女——那天老師不但什麼話也沒說，甚至還快樂地加進來一起看熱鬧。

後來教室裡的孩子們竟然走到街上去，跟在鼕鼕隊的遊行隊伍後面開始走——不用說是由那個女孩子帶頭走在大家前面——就像「哈梅恩的吹笛人」這則民間故事一樣，全校的孩子都加入遊行隊伍了。連老師，甚至更驚人的是連校長也加進來，大家都跟在鼕鼕隊的遊行隊伍後面走。所有的孩子還有老師們，一定都覺得沒有比這更快樂的事了。

但是，黃昏終於來臨。這就是人生。孩子們一一離開隊伍——老師們也一樣——都回家去了。

可是只有那個小女孩，沒有離開鼕鼕隊回家去，還是一直繼續往前走。後來被他們納入成為新隊員，戴上一副對她的小臉而言嫌大的假鬍子——還被取了個綽號叫做「將軍」——她一面練習豎笛，一面做著鼕鼕隊的工作。

柊食堂
たばこ
建築設計
酒
酒
糸綿ふとん

然後，啊，過了半世紀的今天，重用這個女孩收她為隊員的鼕鼕隊，腳步踏到非洲大陸去！在收容愛滋病童的醫院中庭，叮叮鼕鼕，一面演奏著一面走進去。他們又到阿富汗的難民營去，幫助踩到地雷的孩子——聽說到那樣危險的地方撿拾薪柴用的枯枝，是孩子們的工作——為失去單腳的他們裝上義肢，協助他們練習走路，聽說戰爭結束後他們要回到村子去照顧自己的羊群，於是叮叮鼕鼕、叮叮鼕鼕，演奏著音樂，鼓舞他們。已經不再是少女的「將軍」變成一位豎笛的吹奏名家……

## 4

大家稱為鼕鼕隊的這種職業，有時候也會被人當作輕視的話來使用，這使我想起一件事情。我們這個國家從明治時代以來，有許多家庭是一直信仰基督教的。在這些家庭長大的女孩子所寫的書中，提到過地方教會教友家庭的事情。

全家人在弘男以上校身分從海軍退役下來以後，就搬到瑪麗的父祖之地岩國，弘男在當地的中學執起教鞭教書。一面讓阿勇做他唯一能做的事情，就是模仿「鼕鼕隊」，一面每天帶他散步一次，成為做父親的日課。我聽教會外的人說，這成為岩國有名的事情之一。通常有殘障者的家庭，被稱為「座敷牢」，一般是不會讓殘障者出門的。他們父子出人意表的行為成為大家的笑柄。當地人說「簡直像在引以自豪似的」。

（高倉雪江著，《遙遠的日子》，新教出版社）

我對這裡所提到的，殘障孩童阿勇和他父親的「鼕鼕隊的遊行」感到共鳴。而且就像書名「遙遠的日子」那樣，正因為已經是很久以前的事情了，這行動想必需要更大的勇氣吧，就更令人懷著敬意。

阿光上小學的時候，雖然已經是三十年前的事了，不過當時的社會，人們對殘障孩子的歧視態度，我覺得已經比戰前改善多了。我們一家人總是都以阿光為中心生活著。帶他出門的時候也一樣。雖然如此，阿光在學校時以及上學回家的路上，還是難免會被健康的孩子取笑，或惡作劇。

遇到這種時候，和上特殊學校的哥哥上不同小學的妹妹，會忍不住小聲罵著「狗屎、狗屎！」給自己壯膽，同時保護哥哥不要被不認識的孩子欺負。

我從來沒有在小學或中學擔任過班導師，也沒有在殘障兒童的機構當過義工的經驗，無法對教育的實際狀況和小孩的心理發表意見，只能以我自己的經驗和從閱讀世界文學所獲得的知識，寫一些和說一些東西。關於育兒和教育我並沒有在報紙之類的刊物寫過「諮詢專欄」，即使收到私人的來信，也在經過種種考慮之後，終究沒有回信。

我曾經在自己常去游泳的健身俱樂部和一位一起游泳的心理醫師談起來，以自己家庭的問題請教過他，他曾經問我——你們家以阿光當作生活中心的做法，對其他孩子會不會造成心理問題？

我雖然沒有回答什麼，但心中卻堅定地相信。我和內人，向來生活的大部分重心都只在阿光身上，但這是迫於需要，為了阿光而這樣做的，這對全家人來說是比什麼都重要的事情，我們相信阿光的妹妹和弟弟也都明白這一點。

而且，我認為這是對的。很久以前，妹妹氣得一連罵著「狗屎、狗屎！」來對抗男孩子的事，簡直令人難以相信，現在她已經盡量不表露出來，只是在自己生活範圍內仍然一直關心著哥哥，一面長成一個乖巧的女孩。在那份乖巧之中，我想那聲「狗屎、狗屎！」應該會像紀念徽章般，在遠處微微閃著光，即使是她身為普通市民生活著的現在，我依然相信這會成為支持她堂堂正正抬頭挺胸的力量。

至於進入理科研究所的弟弟，已經成為農藥製造公司的研究員，我想和阿光生活過來的經驗在他的性格中，似乎也給了他積極的力量。他上大學之後有好長一段時間，我和內人都讓他負責護送阿光到社福工作坊。

在家裡不會跟哥哥交談的弟弟，每天早晨，到社福工作坊的路上——搭巴士和轉電車去——不知道是如何跟哥哥度過的，實在難以具體想像。不過我內人透過一面照顧阿光，一面陪著弟弟從補習到大專入學考試一起努力過來的經驗，似乎對弟弟的性格很有信心。

然後經過一段時間，電視公司為了記錄阿光的生活而製作了紀錄影片，我和內人才第一次看到他們是如何去到社福工作坊的實際樣子。阿光簡直就像一個人走著似的，慢慢地自然地走著。在他後面，隔著微妙的距離，弟弟好像沉溺在自己的心事般想著事情在後面跟著走，但一有什麼問題發生時，他就會立刻衝上前，可以清楚看出這種態勢。

來到工作坊門口時，阿光並沒有什麼特別的動作，就進到裡面去，弟弟則轉身退下。並向擦身而過的哥哥工作坊的同伴們，並不特別熱絡，但很誠心地一面打著招呼，一面朝往大學的電車車站走去。

# 撞到頭

## 1

我寫完《為什麼孩子要上學》之後，有了新的發現。每當遇到某種事情時，就會想起自己小時候和父母親相處的情景，從那裡往往可以找出和現在有關聯的「問題」。

這並不是說因此就要訂正我之前寫過好幾次，父親和我並不是經常有話說的父子關係。我想我的父親，以那個時代的日本父親來說，仍然算是在家裡話很少的人。

雖然如此，現在回想起來，父親對我，尤其是經過母親想要傳達給我的訊息，我卻以意想不到的方式接收到了。

那就是，我在試著把小時候的事情寫成文章時，在記憶中打開了新的管道，有些過去曾經像是完全封閉的牆壁，現在卻打通了。

這些話我不是想對現在還是小孩的各位，而是想對和你們一起閱讀這篇文章的大人們說的，我想，各位是否也試著探查一下通往自己小時候的小路看看。

不妨試著寫信給家族中比自己年紀大的長輩看看，我想這樣做也同樣有效。

## 2

我這裡想寫的內容，在所有透過這新管道所接近的回憶當中，毋寧說是比較奇怪而滑稽的。說起來就是，我小時候常常撞到頭的這件事情……

現在，各位所住的房子，我想大多是新建的住宅。日本人所住的房子，光是在太平洋戰爭之後的半世紀，確實有了很大的改變。我小時候生長的森林裡的村子，已經沒有我幼年時期住過的房子了。不過，我姪兒家人現在住的新建房子，還在原來的地方，有些地方還是可以喚醒與我兒時生活有關的印象。姪兒的父親，也就是我的大哥，把新房子依照原來的樣子建造起來。雖然如此，房子裡的光線還是完全不同了。

現在已經不存在的我以前的房子，是面向著馬路，一進門就是一間寬闊的沒有鋪木板的土間，佔據整個房子的寬度。在栗子結果的秋季，農家收穫之後運到這裡來的栗子果實，就倒在土間鋪著的草蓆上，高高的堆積成小山一樣。全數都要根據不同的品種和品質加以分類、裝木箱，一直作業到深夜，在道路正對面的作業場，處理過栗子果實中的幼蟲殺蟲手續之後，才上貨運送到大阪的市場去。

在這個作業場，另外也有把作紙幣原料的三椏的真皮乾燥後，整理成方便運輸的大長方體的設備——這是由父親所繪製設計圖來打造的。

在這寬大土間的一側，有從外面筆直延伸到後面的通路。向著那通路的右方，從地面往上堆滿薪柴，沿著那堆薪柴的屋簷一路通往屋內，有茶室，有父親記帳的房間，接著是比一般家庭寬闊的廚房，排列著兩個爐灶，是有水井、有流理台的炊事場。為什麼要這麼寬呢？因為農忙的季節，會有許多幫手來做工，必須準備大家的伙食。再往前進去，也是兼作剛才說到的，為了捆包方便而將三椏樹皮作成小束的作業場，當作裡間的入口。到這裡為止，是一條細長黑暗的通路。

我從學校放學回家時，要先向坐在裡間工作的父親打過招呼後，才到面向小河的小房間去複習功課，或下到田邊，爬上自己搭的讀書用的樹屋。父親會親切地回應我的招呼嗎？可沒這回事，他只會把正在查看成束白色黃瑞香樹皮的眼睛抬起來看我一眼，這樣而已，可是我一走進家裡的土間，卻不得不跑過那條黑暗的通道。

就這樣朝向那裡間的時候，在穿出灶間的交界處時，我的頭老是狠狠地撞上那通道上方伸出來的黑色橫樑。每次都撞得很用力，雖然沒有被撞得跌倒流淚的地步，不過卻在黑暗中發出呻吟聲，調整過呼吸後，才好不容易推開工作場的紙門向父親打招呼。

每當發生這種情況的時候，父親會以覺得奇怪又好笑的眼光看著我。可是卻不會因此出聲問我「要不要緊？」他不是這種人。我也一方面因為痛，一方面因為對自己的失敗感到生氣，於是匆匆退到自己讀書的地方去。

——為什麼我會一再撞到頭呢？明明知道那裡有橫樑啊！

我覺得自己真不爭氣。可是就在還不到一個月之內，又會再犯上同樣的錯誤。

## 3

那是父親去世後一年的事情。我從母親的話中，才知道自己重複的失敗其實也讓父母親擔心過。在還留有葬禮的哀傷氣氛中，我沒有在家裡跑步，卻又犯了同樣的錯誤。但已經沒有可以打開紙門打招呼的人了，因此我在碰一聲撞到頭後，就一個人走進旁邊的小房間去對自己生氣，這時母親從灶間走上來談起父親的事。

自從很早以前，母親就曾經拜託父親跟我說，在那樣黑暗的跑道上不要跑，免得撞到頭，撞得那麼重恐怕對腦部有什麼不良影響。可是父親卻回答說，頭蓋骨應該會確實保護腦部。還說，既然跑得那麼猛，一定是有那樣的情緒衝動，自己控制不了。

父親這樣說完應該就回到自己的工作上了。但每次我撞到頭，母親可能又會不停地去找父親商量。

——後來，終於說出一句父親應有的想法。

母親將父親所說的話轉達給我。

以我現在的話來整理的話，父親是這樣說的。

我自己小時候，也曾經遭遇過類似的慘痛過失。隨著年齡增加，那樣的過失自然就減少了。我也曾經想過，為什麼能夠辦到呢。以大人的身高來說，不低下頭是無法通過的地方，小孩子卻可以就那樣通過。可是腳步一快，只要稍微跳高一點，頭就會撞到。

撞到幾次之後，在身體移動之前，心裡就會稍微提早一點開始盤算起來，這樣下去頭會撞到，可以感覺到就要發生了。

如果心裡能夠這樣思考的話，頭就不會撞到了。只是這種內心的轉動，非要撞過幾次之後，才好不容易學會。那孩子老是撞到頭的時候，父母怎麼說都沒有用吧？

雖然如此，母親還是試著這樣說。

——你還是可以告訴他，在那黑暗的地方，有黑色橫樑凸出來吧？

——他難道沒有這個知識嗎？

母親一面說著，難得露出一點愉悅的表情。

## 4

隨著身高逐漸抽高，我反而不會再撞到橫樑了。而且，我從母親那兒聽到父親所說的話，尤其在我高中要上大學的那段時間，對我來說變成很重要的啟示。

長成青年之後，我在運動和身體方面固然這樣，但在和內心有關的事情方面更是經常嘗到失敗的滋味，那才真叫做撞得滿頭包的經驗。可是只要能夠從中找到positive的想法——我用positive這個英語單字，是因為可以從中讀出積極的、有用的之類各種正面意思的清楚想法，自己就算失敗了也不氣餒，我已經長成一個想要嘗試新事情的青年了。我想可以這麼說。或者不如說，我就是這種個性。

而且對於年輕的我，既有絕對不可重複再犯的，令人感覺羞恥的失敗，也有雖然不順利、不擅長但絕不後悔的事情。

不久之後，年輕的我，說到內心的轉動時，我已經知道如果放任自己衝過去的話，會撞到頭，我開始看得到眼前即將發生的事情了。而且，我憑著這股內心的轉動可以修正自己的跑法了。至少，知道自己正在跑著這件事，就會比較小心注意了。

## 5

由於年紀到了，我自然地被稱為老人。我現在確實比以前，在身心的動向方面，感覺更看得到不久的未來的情景了。鍛鍊這種能力，我覺得是從幼小時候到少年、少女，然後到成人，這樣的成長過程中，很重要的事。

當然這也可以靠知識培養，不過我覺得靠頭實際撞上的慘痛經驗所培養起來的力量，更能發揮效力、派上用場，我同意父親的意見。

小時候的我，從學校回到家，自己也不清楚為什麼那麼莽撞，就那樣衝進黑暗中的通道。坐在裡間正在工作的父親，每次都能聽到我的腳步聲，如果我沒事順利穿過灶間的話，他才放下心，是這樣嗎？

另一方面，父親這邊也在做著需要集中注意力的工作。農夫們把嫩的三椏枝幹割下來，放進大木桶加蓋蒸熟、剝皮、晾乾一次、再度浸泡到河水裡軟化，剝除表面厚厚的黑皮。然後把白色真皮乾燥後，送到我家來。只要稍微留下黑色的皮，在漉成紙後有瑕疵就不能拿來製造紙幣。這時，要送往內閣印刷局前，父親就負責這項檢查工程，一手拿著小刀繼續檢查著。

這時候，聽到咚的一聲巨大響聲之後，看到撞到頭的少年顯然驚魂未定的神色在自己眼前露面時，父親的眼光中會露出特別的表情，也是很自然的吧。雖然在當時的我看來，我覺得爸爸好像覺得很有趣，我不斷這樣想著……

## 6

由於這種經驗的累積，逐漸養成可以預見不久以後的未來情景，我稱之為「想像未來」。

身為小說家的我，想像力這東西，在完成工作上，可以說扮演中心任務的角色。

而且，「想像未來」這種的內心動向，也是想像力的一種。從現在開始的一年後、十年後，自己和自己周遭的世界會變成怎樣，思考這件事情需要動用想像力。對即將到來的未來也一樣，這麼說我想你們應該可以贊同。

說到想像力，我想你們首先大概會想到要用頭腦思考，然而每天的生活中，稍微往前推一點的話會出現什麼樣的情景，先用心去這樣盤算，也是靠想像力去做的。

而且，對未來的生活稍微能動用一點想像力，其實也是靠過去經驗鍛鍊出來的成果。如果能這樣想的話，光是碰一聲撞到頭的事情，對小孩子來說都不是徒然白費的了。

小時候自己曾經遇到過各種慘痛的教訓，然而老是忘了記取教訓還一直重複相同的失敗，卻從來沒有氣餒過——就算挫敗了也立刻又恢復元氣——，那個理由，現在的我終於明白了。

# 寫給孩子們讀的卡拉馬助夫兄弟們

## 1

我去演講過的一所國中，把學生的意見包括批評我的感想文章收集起來。其中有一篇，一位女學生這樣寫道：

——我決心閱讀一年前買的杜斯妥也夫斯基的《卡拉馬助夫兄弟們》。

我想給這位學生一點建議，但想到可能沒有機會再去那裡了，所以就寫在這裡。我認為這部作品是世界文學中最優秀的小說之一，是即使對大人而言都難以消化、不容易對付的長篇，我曾經下過一點功夫想出讓孩子們也能容易理解的閱讀方法。

這本來是為了一位前輩小說家的女兒所做的。根據這個，我也曾經寫成一張張卡片，為柏林日語補習學校的學生建議如何閱讀德文翻譯版本，可以從第幾頁開始讀到第幾頁，中途如果想更深入理解時可以回到什麼地方讀，然後再繼續從剛才的地方讀下去，這樣一段一段節錄在卡片上以方便閱讀。

從一座龐大的小說森林，選出幾片小樹林，顯示給小孩看——這時我腦子裡預想的是以國中到高一左右的學生為目標——讓他們能確實了解。雖然看來像是很難的作業，但這樣讀杜斯妥也夫斯基的作品，卻很容易上手。

我在剛才說過的國中，以學生實際的作品為題材，談過作文的寫法和文章的修改方法。比方說句點要確實註明，文章的換行也要注意之類的，一再重複叮嚀。

在他們寄來的作文中，有一位男學生這樣寫，您曾經批評過，從文章寫法的特徵可以聯想到寫的人的性格，甚至他未來的生活方式，這兩者應該是不同的吧。

首先，我想先回答這位學生，寫文章和說話，很多方面是共通的。而且說話的時候，一面像確實下逗號和句號，也就是像寫上逗點和句號的感覺，區分字句一面說的人，是能對說話的對方，正直、勇敢地呈現自己的人。一直不寫句號……卻一味地說著可是、什麼，然而、什麼……，這樣說法曖昧的人，不是在說話之前沒有好好思考，就是想瞞騙應付對方。我想這種人的性格上並不誠實，生活方式也缺乏勇氣。

另外一點我在國中的演講中談過，如果要繼續寫文章的話，每一個意思、每一種意見的區塊，都能區分開來是很重要的。將這樣區分開來的區塊，一一重疊串聯起來，便可以逐漸展開自己的想法。如果不好好區分開來，確實整理的話，就不太清楚下一個想法要如何連接起來——對讀的一方來說，尤其難以理解。應該切開來的地方卻沒有好好切開時，會和下一個區塊重疊，使得思路阻塞，想法滯礙難行。造成頭腦裡面的交通阻塞。因此，無論說話或寫文章，首先清楚地切割和區隔都是很重要的。

杜斯妥也夫斯基的長篇小說每一部都很長，很大部頭。每一本小說的每一段內容區塊，都巧妙地切割開來，有條不紊地繼續下去。這種寫法，實際上要把《卡拉馬助夫兄弟們》從整體切出適合孩子看的局部中篇，也毫不困難。而且，很重要的是，這樣切割出來所作成的小說中的小說，仍然能夠包容且兼具杜斯妥也夫斯基小說細部的獨特趣味，和貫徹全體的認真訊息。

## 2

《卡拉馬助夫兄弟們》是俄國十九世紀與托爾斯泰齊名的大作家杜斯妥也夫斯基畢生最後的小說。故事描述了一起父親被人殺害的事件，兄弟中最年長的哥哥特米脫里因涉嫌弑父遭逮捕，正接受法院審訊中。同父異母的弟弟中，伊凡是對宗教很虔誠的年輕人，像個學者一樣。而伊凡所寫的〈太宗教裁判官〉這件作品──成為小說的一部分──被視為思考《卡拉馬助夫兄弟們》時很重要的部分。等各位同學上大學的時候，如果有機會讀到全本小說，應該可以就這部分做深入思考。

其次，最小的弟弟阿萊克謝意──以俄羅斯人經常使用的親切暱稱的話也就是阿萊莎了。相當於現在日本從國中升高中的年齡，但他從原來就讀的學校休學進入修道院。在發生父親被殺、哥哥受審這樣的事情後，他又從修道院出來，打算回歸社會開始在外面生活。我希望各位讀的，就是這位阿萊莎和村子裡的中學生之間，發展出來的友情故事。

那麼，請各位翻開這部長篇結尾的第四部分，從第十篇男孩們的第一章開始讀讀看。書中對一位名字叫做郭略．克拉騷脫金的中學生做了詳細的描寫。整部小說進展到這裡之前他也曾經露過面——在必要的地方，會註明請折回去閱讀的頁數——不過為了讓各位就算不知道或多少忘記了也能閱讀，杜斯妥也夫斯基很小心謹慎地寫出了第四部。

郭略是個中學生，他和年紀還很輕就成了寡婦的母親一起住。他頭腦聰明又勇敢，甚至獲得「拚命三郎」的評語。他憑著自己獨特的想法和做法，自然而然地獲得班上同學的尊敬。

不久之前，郭略瞞著所有朋友，悄悄地養著一隻叫做潘萊茲汪的狗，不讓同學看到，而且教牠玩各種把戲。冬天裡的某一天，他為了要探視得了重病已經無藥可救的低年級同學伊留莎，才第一次讓比自己年紀小的朋友看那隻狗。

在路上，郭略一夥人在等阿萊莎。阿萊莎和這些中學生已經成為親密的朋友，他們邀他一起去探望伊留莎。不過，阿萊莎和郭略直到這天早上才第一次交談。

在這裡，少年郭略雖然才十三歲，卻已經能很懂事地思考，擁有相當獨特的個性，他和阿萊莎展開一段內容豐富而生動感人的對話。尤其重要的話題，是關於舒遲卡這隻小狗的事。首先阿萊莎看到郭略帶來一隻小狗後問他，這是不是那隻失蹤的舒遲卡，郭略露出帶著謎意的微笑回答他不是，然後告訴他，伊留莎本來就喜歡舒遲卡，更不用說其他小孩為什麼也都那麼關心舒遲卡。

郭略的說話方法非常有魅力，讀者是孩子的話，也能讀出杜斯妥也夫斯基看事情的獨到觀點。在表現出人性中純粹之美的同時，也沒有遺漏殘酷和醜陋的一面。尤其，雖然是孩子們之間，但愛情和反感的情感卻是多麼複雜啊。那精采的描寫，請各位好好享受閱讀的樂趣。

3

在故事裡很少出現的僕人司米爾加可夫，在這部小說的整體中卻扮演著重要角色。在這裡我想事先聲明，伊留莎被司米爾加可夫慫恿，對狗做出了「殘酷而卑劣的惡作劇」，因為這樣，伊留莎認定自己殺害了舒遲卡，也相信自己因此得了不治之症。這一點我想先寫出來。

到伊留莎貧窮的家裡去探病，郭略為什麼把一直保密到家的潘萊茲汪帶來呢？這顯然是全書的高潮。還有郭略這些男孩一直到聽醫師提及自己朋友死期已近的消息時——伊留莎自己也已經有所覺悟——我相信各位讀到每個人物各自不同的多樣化表現，和其中所浮現的悲哀和歡喜，一定會感到刻骨銘心吧。

從這裡開始，要移到我所編輯的《卡拉馬助夫兄弟們》後半段了，不過在那之前，為了把前面讀過但可能還感覺曖昧不明的地方弄清楚，我想請你們先倒回去讀前面兩個部分。

首先，第二部第四篇在感情的病態表露中，阿萊莎和中學生結緣的那一章。而且是換行的第二段落，從「但阿萊莎沒辦法繼續想下去」的地方開始到這章的結束為止。我引用原卓也先生翻譯的版本。

在這裡，首先從阿萊莎發現那一群學童跟河對岸的一個少年——還能去上學時的健康的伊留莎——互相丟石頭的情景，描寫他們之間關係的產生。

接著，第六章第三段落到第七章的結尾，出現了過去不曾出現過的人物，和各位應該讀起來還不熟悉的，有點彆扭的會話，這也是杜斯妥也夫斯基風格獨具的寫法，因此請耐心讀下去。伊留莎的父親，綽號叫絲瓜。過去特米脫里曾經羞辱過絲瓜，原來伊留莎也曾經拚命抵抗過這種暴力。這是小說整體連貫下去的人際關係，現在各位只要把眼光集中在伊留莎和他無力的父親之間，特別的感情關係就行了。

然後我們移到後半部，最重要的部分。剛才讀過的第四部的結尾。也是小說整體的結尾「伊留莎的葬禮——石頭旁的演說」這一章。生病的少年已經死去，阿萊莎和學童們參加葬禮。

剛開始，絲瓜父親說，伊留莎想要葬在馬路旁的石頭下，讓大家很傷腦筋。結果，在教會的墓地埋葬伊留莎之後，阿萊莎和那群學童走回到那塊石頭旁邊時，鄭重地說了一番話。這段演說是我到目前為止讀過許多小說之後，留下最深印象的幾頁之一。

就在生病的孩子去世前後，哥哥的審判也結束了。於是阿萊莎決定離開這個地方。這段演說也等於是告別詞。

老實說，《卡拉馬助夫兄弟們》到這裡是一部小說，描述十三年後發生的事情的另一部小說，本來要繼續完成的。杜斯妥也夫斯基腦子裡已經有了整體構想開始動筆寫，但寫到目前所留下的作品部分後，他很快就去世了，因此另一部小說並沒有寫出來。

在這裡我希望各位特別注意，是因為阿萊莎在對學童們告別之前所做的演說，似乎擁有另一部小說中的前言似的意味。在死去的少年所珍惜的石頭旁演說的阿萊莎，十三年後將會變成一個什麼樣的人呢？他會做出什麼樣的事情呢？聽過演講的少年們，各自又會變成怎樣呢？讓讀者不禁想像這一切事情，這本書寫得強烈吸引讀者去做這樣的想像。

首先作者寫阿萊莎，寫他如何愛這位死去的少年，寫他一面懷著怎樣的回憶一面埋葬伊留莎。希望我們不要忘記這個。

你們可能聽到過許多有關教育的話題，不過從少年時代一直珍惜著這樣美麗而神聖的回憶，或許，才是更優良的教育。如果人生能累積許多這樣的回憶的話，這個人往後的一生，一定是有救的。而且就算心中只記得一個美好的記憶，那記憶也將在某一天發揮拯救我們的作用。或許，我們會變成一個壞人，在做壞事之前也許無法懸崖勒馬。也許會嘲笑人家的眼淚，或許有時候，會壞心眼地嘲笑像郭略喊叫著「我想為一切人受苦」的那種人。雖然我想應該不至於那樣，不過不管我們變成多麼壞的人，畢竟，如果能夠回憶起曾經這樣埋葬過伊留莎，在最後的日子裡我們也曾愛過他，現在在這塊石頭旁曾經一起親密地談過話的話，假設我們真的變成那樣的人，甚至變成其中最冷酷，最愛嘲笑的人，畢竟，也無法從內心嘲笑現在這個瞬間自己曾經是多麼善良而正派的吧！不但這樣，說不定，由於這一段回憶而竟然能夠把罪大惡極的他拉回來，讓他重新思考，「對呀，我那時候，還是個善良、大膽而正直的人」也不一定。

於是從郭略開始，其他少年們也打從內心贊成阿萊莎所說的話，伴著對伊留莎的回憶，異口同聲地說，我們要一輩子，都手牽著手友好地活下去。小說就在這裡結束了。表現這股決心的聲音便是「卡拉馬助夫萬歲」！

## 4

我和阿萊莎和孩子們不同，我並不認為伊留莎終將和大家一樣從死者的世界復活起來，愉快地互相交談。

不過，活到現在，我發現自己並沒有忘記屬於我自己的伊留莎，而且也忘不了幾個關於伊留莎的回憶。我相信今後，我還是會和這個回憶手牽著手一起活下去。

# 幾十尾雅羅魚

## 1

小時候發生的事情，有些到現在自己都還覺得很不可思議。那時候我大概才七歲或八歲。我家下方的小河，只要水位不漲的話，到處都可以自由地游泳。

我從後門溜出去下到河岸邊，穿過一片小竹林爬到河邊時，有兩塊泛著青色的大岩石，我每次看到開進村子來的巴士時就會想到，那顆石頭足足有兩輛巴士立著疊起來那麼大，形狀也差不多。

從上游湍急地流下來的水，沖激著這塊岩石，形成一處深淵。那深淵銜接岩石的部分，是孩子們最害怕的地方。岩石在水裡被削成船腹一樣，聽說人潛入深水中時，身體會被吸過去。還說在那深處，碰到岩石的水流會形成一個隧道，如果被吸進去的話就出不來了……

可是還有另外一種說法非常吸引我去接近那裡。說是岩石的正中央，從水面往下大約三十公分就有一個凹進去的地方。水從上游沿著岩石流下來，流到變凹進去的地方時，水就會逆流。在這裡如果手抓住凹進去的地方，緊緊抓牢，讓身體安定住，然後潛入水中的話，就可以看到岩石的裂縫。那是小孩子的頭可以伸進去的寬度，裂縫的另一邊，就像水族館的水槽那樣。

而且，光線不知道從哪裡射進來，那裡很明亮，幾十尾雅羅魚，和水流同樣快速地，朝著河的上游游著……

我聽到之後就想，我要去看那幾十尾雅羅魚群。從此以後，我不管在教室也好，在運動場遊戲也好，甚至在家裡讀書也好，腦子裡就一頭熱起來，變得無法再想其他任何事情了。

於是，就在放暑假的第一天清晨——水面正閃閃發光，小河對面的森林被露水濡濕正泛著青翠的顏色——在年紀大一點的孩子都還沒有下到河邊的大清早時分，我把艾草葉搗碎擦掉水中蛙鏡的暈霧，踏著涉過淺灘滑溜溜的石子，一個人獨自走到那岩石邊去。

## 2

我下定決心。人家說，小孩子在那塊岩石周圍游泳很危險。平常我看起來是個小心翼翼得甚至顯得很膽小的孩子。雖然如此，一旦想到什麼，下定決心之後，卻往往令家人和朋友大感意外，都認為我是個性獨特作風奇怪的傢伙。其實大多的事情連我自己都不知道為什麼會那樣做，甚至深感後悔。雖然如此，個性還是難以改變。我曾經在森林裡被大雨困住，三天後才被消防團救出來。那時候，我發著燒，自己沒辦法走下山來。不過，入夜以後還一個人留在森林裡，這種事情，畢竟不尋常。

那天早晨，我無論如何，都下定決心要把頭伸進水裡岩石凹進去的狹窄裂縫裡，看看那片雅羅魚群，我這樣下定決心。而且我一旦下定決心之後，體內就會源源不絕地湧出勇氣來，我知道自己的想法已經無法再改變了。

雖然對自己來說，這決心是正確的，但卻無法明確地化為語言，試著在腦子裡說出來，或試著在紙上寫出來，這使我一直很在意。

在上大學之後——試想一想，從森林的村子去東京上大學的第一個少年就是我。那也是下了決心的——我讀到中野重治這位詩人兼小說家年輕時候所寫的文章，就心想，啊，他把我的心境正確地寫出來了。

而且，我上次夜裡經過傳通院旁邊時，一片黑漆漆的，何況道路正在施工中，又正在下著雨。於是我穿著塑膠長統靴唏唰唏唰地走過去，我開始覺得那段泥巴路好像會一直沒完沒了地延伸出去，心裡想道，那麼我就這樣一直唏唰唏唰地走下去吧，我感覺到自己的勇氣真的就那麼凜凜然地不斷湧上來了。

## 3

我從淺灘走上急流開始翻滾的那頭，水勢太強，我一面使勁撐著免得撞到岩石，同時也使力不要被沖離岩石，中間曾幾次被水流往下沖。不久後，終於抓住了岩石**凹進去的邊緣**。那裡，正如我聽說的那樣，有一股小逆流，手從岩石放開也不會被水流走。我把頭沉進水裡去，「偵察」岩石的裂縫。以前戰爭期間，孩子們也玩過「模擬戰爭」的遊戲，到敵人陣地「偵察」過，就像那樣，我們也經常使用軍隊用語。

然後，我吸了一口大氣便深深潛入水中，把頭伸進岩石的裂縫。而且，盡可能往深處伸進去。然後，就像人家說的那樣，在我眼前，真的看到了安靜游著的幾十尾雅羅魚！

雅羅魚每尾都比我的手伸直還要長，滑溜溜的銀灰色。用鰓呼吸著，慢慢游動的雅羅魚，頭的這一邊，黑色小點似的眼睛，正一起看著我……

那光景，現在依然還鮮明地烙印在我心中。可是，我卻想不起來，當時自己是如何反應，又做出了什麼樣的舉動呢？只記得眼前浮現出各種凌亂的情景而已。

在那次之後，我曾經好幾次，試著好好回想起來。甚至曾經在夢中看到那光景，啊，原來就是這樣，我發現之餘喜出望外，然而醒來才知道這只不過是一場夢而大失所望。

就這樣，我所重組出來的最初景象，可能是我想盡量接近雅羅魚群，於是把頭再往岩石裂縫裡鑽下去。下半身則被水沖激擺動著，也覺得好像被水往前推著似的。

接下來，正想看得更清楚一點的瞬間，頭和下巴卻咔一下忽然被岩石夾住了，我想把頭抽回來，卻動彈不得。這樣下去絕對會溺死的，我嚇了一跳，開始害怕起來……

# 4

然而，我也忘不了另一個情景——也就是說，心中的情景。那才算得上是作夢一樣的回憶……

就算痛苦，只要這樣安靜不動就行了。我彷彿變得能用鰓呼吸，可以在水中活下去。身體也會變成銀灰色，眼睛變成黑色小點。

而且也能感覺得到，在變成幾十尾雅羅魚中的一尾的自己眼中，看得見男孩子被卡在岩石的裂縫中……

接下來我有明確的記憶。在水流中搖擺著的我的雙腳，被強有力的手抓住，把我推進裂縫深處，然後往旁邊扭轉，接著粗暴地把我拉出來。我看見從自己頭上流出來的血，在水中像煙似的湧上來。

然後失去知覺的我，醒過來時，已經被從深淵的水裡移送到寬闊淺灘的這邊來了。我的身體因為水流的關係正斜斜的平躺在淺灘上。因為仰著頭所以可以呼吸，可是扭曲的水中蛙鏡卻壓迫著眼睛，只能看見一點點藍天。

我可以從泡在水裡的那一邊耳朵，聽見身旁淺灘底下的砂礫沙啦沙啦被踩響著往前走的腳步聲。

接下來是我所經驗過的事情中，最不可思議的地方。到現在我都不知道，在我左耳上方留下傷痕，把我從岩石縫隙裡拉出來救了我的人，到底是誰？

那時候父親還在世，所以說不定是他。也許是經常坐在後面房間工作著的父親，突然想要透一口氣而站起來，走到面臨河川的屋簷下眺望風景時，因此發現形跡可疑的我。這是有可能的。但是，接著要跑下河邊來，把我救出來不是來不及嗎？

或許是在大清早發現我忽然獨自下到河邊去，而感覺有點不太尋常，於是跟蹤而來的母親救了我，這也不無可能。母親雖然個子嬌小，但力氣很大，一旦有什麼事情時，是個能夠立即敏捷反應、發揮作用的人。

## 5

就算這樣，無論是父親或母親救了我，這件事情應該會在家裡成為話題吧。各位想必會這樣想。可是，就算有這回事，我覺得雙親對於還是小孩的我可能什麼都不說。我感覺，他們就是這樣的人。

尤其是我父親，如果他不得不救起因為孩子氣的冒險而差一點送掉性命的兒子的話，我想他也可能對我不吭一聲。

實際上我遇到的是痛苦得差一點死掉的遭遇。而且我反省自己的失敗時，感到挫折喪氣。對於這樣的我，他們——平常就不太對孩子說話的人——默不作聲。我覺得這是很像父親會有的態度。然而直到兩、三年後父親去世之前，我都沒有勇氣問這件事情。

至於母親，我也什麼都沒問起。雖然頭上**受了傷**，我也說不出口，只是從富山過來的賣藥商所留下來的藥袋裡，拿出藥膏，自己塗抹而已。也許因此才化膿、留下疤痕吧。連為我擔心的妹妹都沒讓她動手，就自己趕快塗抹藥膏。因為這都要怪自己。

而且，還有一個理由讓我無法坦白告訴母親。我從裂縫的那一頭看著水裡游著的漂亮雅羅魚群時，自己很認真地想到一件事情。潛在水裡就算很痛苦，只要繼續這樣下去，自己也會變成一尾雅羅魚，可以在水中活下去。我這樣想。

還不只這樣。

——好吧，就繼續這樣吧。我感覺自己似乎還下了這樣的決心。

一面頭被夾在岩石縫中快要溺斃了，非但不趕快努力設法讓自己活下去，卻還一面在做著相反的希望。而且，要不是有一隻強而有力的手把我拉出來的話，我將變成潛入那有兩輛巴士疊起來那麼深的岩石下溺死的孩子，化為村子裡的新傳說。

如果救我的人是母親的話，那麼把我帶回到淺灘上，把我放在那裡，看到我可以呼吸之後，就那樣用力踏著河底的沙礫發出聲音走遠的也是母親。看穿了我剛才還在想什麼，因此而生氣，所以母親才會那樣放下我不管嗎？

因為自己的失敗差一點沒溺死，還在作著夢，沒有努力想辦法救自己的孩子，我想是這樣的我，讓母親失望了吧。那麼無論如何道歉，母親也不會原諒我的，我覺得自己好像羞恥得無法開口了。

## 6

我總是這樣畏畏縮縮地想不開，連自己都覺得是個憂鬱的孩子，另一方面也可以看作是個無憂無慮、漫不經心的傢伙，非常樂觀、會自己下決心要走自己的路，並照著去做的類型。

在我還沒有上小學的時候，國家就在亞洲展開戰爭，以一個幼小的國民看著國家陷入更深的痛苦中，結果那場大戰爭失敗了，在被外國軍隊佔領期間，我成為中學生。我是活在那樣一個時代的孩子……

我想，生為現在這個時代的孩子，你們才真的有更多的、各種不得不解開的疑問吧。然而我相信你們應該擁有超越那些問題，繼續成長的素質。

一切，都是從自己的經驗中得來的。

# 不過是個電池而已！

1

小時候的記憶，長久以來，我都照著我記得的那樣寫出來，有些細節錯了，就讓人幫我糾正。難過的記憶不容易忘記，卻有人告訴我不是這樣，有時候也感覺像一直黑暗的遙遠地方，忽然亮起燈光似的。

相反的。

——如果是小說的話，應該可以視為創作而被接受吧。但因為是隨筆，所以會被當成事實來閱讀。曾經有人強烈要求我訂正、道歉。

從我出生成長的村子沿著河往上游走時，可以去到一個叫做小田的大鎮。鎮的背後有一片廣大的森林，出產大量質地優良的木材。我們稱呼那裡為小田深山。

我是一個會在語言方面天馬行空地空想的孩子。首先，我就從深山這兩個字得到強烈的印象。其次，又從進出家裡的大人那兒聽說，走進那片小田深山的小孩都沒辦法走出來。據說有很多小孩走進那座深山後就昏倒了，聽上去很嚇人。深邃的森林令我感覺帶有恐怖感的魅力。我把這些回憶寫在報紙的隨筆中。

結果，一位住在大阪自稱是小田地方出身的人寫信來。說他向故鄉的兄弟確認過，並沒有聽說過這種事情，他們覺得，你們大瀨這個村子才是個野蠻地方呢，信裡充滿憤怒。時光流逝，每個家庭都有汽車之後，我請姪兒開車帶我前往我以前在小田深山空想時的森林深處去。原來那裡是一片整理得很美的森林。

## 2

前年夏天，我在著名的《紐約客》雜誌上，寫了一篇我小時候的回憶。這篇文章刊登時，緊跟著發生世界貿易中心大樓被恐怖分子攻擊的事件，因此雜誌的特集

「在世界各地與美國相遇」並沒有造成話題。然而和我同鄉出身，正在美國留學的年輕人，寄給我一封航空信，說我寫的內容跟他從父母那裡見到聽到的不一樣。

首先我把我寫的隨筆開頭譯成日文。

這是敗戰四年後的初夏所發生的事情。我被新制中學的英語老師帶著去到地方都市，走進佔領軍基地的大門。當時兩個人都很害怕。在一個像士兵交誼室的地方，吃了圓形麵包，現在已經知道那是漢堡了，美國人讚美我的作文。獎品是軍用的大電池，因為重得連老師都搬不動，因此他們決定事後再請人送來。

作文是針對佔領軍機構的日本人小孩為對象的比賽而寫的。我記得題目是「我們的未來」。要用英語寫。班上沒有人說要寫，因此就指派我寫。老師告訴我說，可以從學過的課本中，找出和自己想說的話相近的英文，集合串聯起來，寫成一篇作文。可是我想，這樣應該不算是自己的作文，於是我下了一番功夫，花了一星期時間。

課本後面有一些上課沒有教到的部分，其中出現過蚯蚓蠕動這樣的一節，我因為很喜歡wriggle這個動詞，因此我記得用上這個字。後來雖然一直持續讀著英語書，在美國的大學跟朋友和學生談話時，卻沒有再遇到這個字，但那個拼音我直到現在都能立刻想起來。

佔領軍的電池終於送到了，被安置在理化教室裡。可是，卻沒有任何用處。

那年夏天的終戰紀念日第二天，在洛杉磯舉行的全美游泳錦標賽中，日本選手——各位大概知道，就是古橋（廣之進）選手和他的夥伴——成績很好。敗戰之後，這可能是日本人和美國人競爭而獲勝的第一次大事。

第二天也有競技，因此大家正期待著收音機的實況轉播，可是由於前一天晚上的大雨，村子裡停電。雖然是暑假期間，但在校長的命令下，理科老師決定動用那個電池來聽收音機。

就在老師們和村子裡的重要人物齊聚一堂、眾目睽睽之下，接續到電池上的收音機竟然爆炸了，這樣的傳言傳遍了整個村子。

## 3

我並沒有在這個大名鼎鼎的收音機事件現場。但是，因為常常聽到人家提起，感覺好像自己看到了似的。而且，接下來的事情，我也只是聽人家說的而已。

從河上游的村子來的，比我們高一個年級的少年，據說以理科很強聞名。我們上理化的時候，這位看起來很成熟的少年，曾經從理化教室搬實驗器具過來，在兩根金屬棒之間示範放電給我們看過。我們做的時候，不管多用力旋轉把手，都沒有發生任何事情。在物資不足的環境中，負責清洗珍貴的實驗試管，也是這位少年的任務。

因為這樣，所以他可能擁有理化教室的備份鑰匙。據說夜裡，少年曾經帶著他的夥伴悄悄潛入中學的理化教室，把各種實驗器具接在電池上讓他們看。他們說，弄出很壯觀的像煙火般的景觀。我好羨慕，真希望自己也能受邀去當他「實驗」的觀眾。

我想到的是小說中曾經讀過的古怪科學家發出青色火花的實驗。因為我一再重複想像理化教室半夜所進行的「實驗」，漸漸覺得自己好像也在現場一樣。七色的火花旺盛地迸裂四散，發出嘰——嘰——的聲音，還聞得到橡膠燒焦的氣味，我跟妹妹這樣說……

入秋之後，又傳來另一種傳說。聽說是理化教室裡發生了小火災騷動。有人通報說，那一陣子夜深之後的理化教室，會發光和發出聲音。值夜的老師巡邏期間，發現火苗燃燒起來，因此提著裝滿水的桶子趕過去。四、五個年輕人，正在滅火。老師跟他們合力把火撲滅，才沒有造成更大的火災。

傳說又繼續。校長把使用電池，負責帶頭實驗的少年叫出去。派駐村子裡的警察也在場。因為差一點釀成火災的一陣騷動混亂中，電池壞掉了。由於是佔領軍所贈送的物品所以必須報告上去，還說M．P——佔領軍相當於警察角色的部門——來調查的時候，還要再把他叫出去，少年覺得好害怕……

又過了幾天，少年逃進小田深山之後沒有回來——確實聽說是這樣，我記得是這樣——。

少年的母親很擔心，就到學校和派出所去。

——不過是個電池而已！（不過是電池壞掉了，為什麼就那樣恐嚇孩子呢？）這樣怒罵。這個傳聞，又在孩子們之間傳開了。

我在《紐約客》的記事中這樣繼續下去：

方寸大亂的母親們，挖出戰爭剛結束後，村民擔心會被佔領軍發現的埋在森林裡的好幾支獵槍，在村子的馬路上大聲嚷嚷。還把那幾把槍拿到學校和派出所去跟警察談小孩的事……

4

以前，我曾經在有商店和理髮店的我家前面的道路上，看過那個喜歡理科的少年。可是我發現他不但沒有到學校來，也一直沒有出現在路上。

本來我就是個有時候看起來悶悶不樂，有時候又很愛講話的人。尤其是那種對看過的書會忍不住要講出來的中學生。也許這種個性讓人看不過去想教訓我吧，常常把我叫住訓誡的老師，這次就這樣說我：

——不要以為從佔領軍領了電池回來，就得意忘形了噢？是你叫那孩子去用那個電池的吧？

我大吃一驚。不過讓我更難過的倒不如說是，看到那位已經不見了的少年的母親從我家門口走過時，那一臉憂愁、筋疲力盡的樣子。

剛才老師說的話，我應該可以還嘴道，保管電池應該是學校的責任吧。我這樣想。

不過，總之那造成問題的電池，會送到學校來，是以我的英文作文為契機呀！

## 5

讀了《紐約客》而寫信來的人，對我指出這樣的事情。玩電池繼而被校長和警察罵的少年，確實有這個人。雖然如此，但是要說少年害怕被佔領軍調查便離家出走，在小田深山的樹林裡迷路死掉了，卻不可能，事實上也沒有發生這樣的事件。

少年在村子的健康檢查下，發現那時候比什麼都可怕的病——肺結核初期，於是靜養了一年。康復之後，進入高中升學，畢業後一直很活躍地從事農業方面的工作，並活用電氣方面的知識，很早就導入溫室栽培而收到良好的成果。因為是這樣的人，所以下次如果您返鄉時，不妨去當地的農會確認看看。

## 6

我寫了一封回信，首先把我前面所說的事寫出來。然後，因為把自己長久以來的疑慮解除而感到非常高興，將這樣的意思傳達給他。

但是，如果五十多年前的自己能夠稍微有勇氣一點的話，我想照理應該會追上那位受苦的母親，告訴她我就是從佔領軍那兒領到那個電池給中學的人。而且，我想我可能會告訴她，雖然實際上我沒有受到邀請，卻對使用強力電池的實驗很感興趣，也很想去看他們做實驗。如果可能的話也很願意幫他們的忙。

實際上，我想起來我以小孩的赤子之心，一直想著的那樣的事情。對於小時候的自己，再者，對少年死掉的事情——因為我這樣相信——雖然不至於用到「打從內心感到遺憾」這樣晦暗的語言，但我想表示，我覺得自己至少也有一部分責任。

我每次看到那位看來顯得不幸，而且年紀已經相當老的婦人時，就會不自覺地躲起來。真的，如果我能稍微有一點勇氣的話，該有多好……

而且少年的母親，如果能告訴我，她的孩子並不是在森林裡迷路了，只是為了治病而躺在床上靜養的話，我的心情應該會輕鬆多了。我也許可以去探病，跟少年變成好朋友，他也可以愉快地教我怎麼做理化實驗。我這樣幻想著。

我重新想一想，那時候，就算只有一點點，如果我能夠更有勇氣一點的話就好了……我不知道有多少次、無數次這樣後悔過。

那雖然是從小時候開始的，但老實說，我現在還是這樣認為。畢竟小時候，就應該確實抓住機會下定決心的。而且我想，對自己重要的教育，千萬不要往後拖延，為了改變個性，應該試著努力才對。

有趣的是，當我在對身為孩子的各位這樣寫著的時候，心情卻感覺到：

——對呀，從現在開始或許也還不遲。

# 沒有領到獎的九十九個人

## 1

從第一位諾貝爾獎得獎人獲選至今已經過了一百年。於是前年的頒獎典禮上，也舉辦了「諾貝爾獎百年紀念」的活動。我們文學獎的得獎朋友們，大多互相讀過彼此的作品。尤其是和我有書信往來，用雙方國家的語言發表、公開討論的作家和詩人就有好幾位，因此我們很高興能夠重逢，相聚在一起，度過了愉快的一星期。

在百年紀念的演講中，我說託諾貝爾文學獎的福，世界各種語言的小說和詩歌，能翻譯成自己也可以閱讀的文字——我用日文寫的小說，也能翻譯成各國語言讓很多人閱讀——我感到深深感謝。

百年紀念聚會上，文學家討論的主題是「做為二十世紀證言的文學」。世界上的某個國家、某個地方，人們現在如何生活的，承受著什麼樣的苦難，擁有什麼樣的願望，對未來懷著什麼想法，對過去如何記憶？小說、詩歌、戲曲，都是在表現這些。

我談到廣島和長崎原子彈爆炸受災者的文學。然後，也傾聽當今世界上人類有什麼樣苦難的話題。在得獎者發表演講結束所做的後續討論中，有一位從羅馬尼亞移居到德國，年紀尚輕的女性，談到自己的家人在每個時期所經歷的歐洲情勢，還有每逢國家政治變動時，不得不受到什麼樣的苦難。並提出——人類真的會進步嗎？這樣的疑問。

德國的鈞特・葛拉斯、南非的娜汀・葛蒂瑪、中國人卻流亡法國的高行健、日本的我，一面想到各種事情，一面互相以黯淡的表情注視著彼此。當然我們獲得文學獎的受獎人，都期許自己，能夠對下一個世代創作出希望的語言，而繼續工作著……

諾貝爾獎設有物理學、化學、醫學／生物學等，科學領域的獎。這些與文學獎不同領域的得獎人中，有些是我以前透過在美國、德國所召開的討論世界核子武器狀況的會議中認識的人。

這些科學家有時會邀請文學獎的得獎同伴，有時反過來由這邊邀請他們參加聚會。每次不同成員中，科學領域的得獎人，都比在文學獎領域得獎的我們看起來有精神，我一直有這種感覺。

在斯德哥爾摩的日本大使館的午餐會中，大使在演說中提到，從今以後，我們為了要在短期間內，產生三十位諾貝爾獎的——以文學獎的情況，任何國家都十幾年才能出現一位，因此指的是科學領域的——得獎人，我國政府正投入很大的努力。

回到日本之後，東京舉辦了諾貝爾獎百年紀念展覽會。在瑞典大使館內舉辦，負責科學技術政策的國務大臣，針對具體上要送出多少科學相關領域的得獎人，強有力地宣揚這個方針。

在會場久違重逢的瑞典友人，對我談起以下這些話。他是小說家，也是選考諾貝爾文學獎的委員，瑞典皇家學院是一個成員人數不多的民間團體。他因為負責說明我的得獎理由因此和我很熟。

——健三郎，為了產生一位文學獎的得獎人，我們要作出符合得獎水準的一百位候選人名單，在一年之間，進行討論。在科學領域方面，我想也一樣。

光是能夠達到這百位候選人的水準，就已經很傑出了對吧？與其提倡以產生這一位得獎人為目的，不如以送出許多百人候選者為目標，應該是更有意義的教育吧？你得獎的時候說過，要做一個高尚的日本人，我也覺得這樣的目標是值得提倡的。

## 3

同樣也是前年在東京召開的諾貝爾獎得獎人的討論會上，結論也是以送出更多科學獎的得獎人為目標。在那裡，我一面感到自己「場合不對」，一面參加討論。我準備向大多關心科學的參加者，也就是理科系的人，呼籲他們也聽一聽文學系人的想法。而且是以伽利略．伽利萊的書當作課本！

二十世紀結束的那一年，全世界所舉行的大事之一，是選出歷經這兩千年來所留下來的代表性書籍，這樣的活動：我也試著參加了。我想關於佛教、基督教、回教的古典、重要的作品都包含在內。再加上《神曲》、《唐吉訶德》、莎士比亞的許多作品、這樣編選下去，在我自己想選的作品表列中，我發現有伽利略．伽利萊的《新科學對話》。

我第一次讀這本書，是在新制中學三年級的時候。這需要相當的數學能力，我能讀出趣味的，只有分成二冊的上卷而已。從當時計算一下，伽利略在大約三百年前所寫的書，我在自己出生的兩年後所出版的岩波文庫中讀到。

這本書，是以三個人對話的形式寫成的。當時以獨立的國家而興盛繁榮的佛羅倫斯市民撒格里多、新科學家沙爾亞提，以及另一位熟悉自希臘時代開始就持續影響歐洲、足以說明世界所有大事的亞里斯多德研究者的新普希里歐。

四天的對話中，我光為了讀第一天的部分，從用紅鉛筆寫出來的記號來看，就花了一個月的時間。

這個時代的佛羅倫斯，造武器的工廠齊聚，武器工廠內有許多專業工人聚集，繁忙的工作著。並且他們學習並且實際運用伽利略所推行的新科學——那跟亞里斯多德的科學相比之下就知道真的很新。透過科學家和到這裡來看工人工作的市民們的對談，是這本書所採取這樣的表達形式。

剛開始的幾天，談到機械學和運動的理論。弄清楚造出來的船要下水時，為什麼大船比小船更需要船台等各種道具呢？從這一項檢討中，又得出大船比小船不牢固，對外力的抵抗力也比較弱的事實。

書中談到實際觀察的事情，並進一步做實驗，我則對那些對話的生成背景很感興趣。

戰敗後要重建一個國家時，科學也很重要，一般人都會這樣主張。在那之間湯川秀樹博士獲得諾貝爾物理學獎。就像大多的孩子都希望的那樣，我也曾經想當科學家。

然而，升上高中後，我立刻明白自己沒有攻讀理科系所的能力。雖然如此，考文科系的大學，也選擇有考數學和理科兩個科目的地方去應考，這方針沒有改變。中學生的我，承認自己跟不上科學的書是很寂寞的事情，因此才勉強選這本書也不一定。而且，證明自己對科學事實的對話也感興趣，這使我勇氣倍增。

## 4

生物從高的地方落下來也不會死的實例，從小的東西開始，到大的東西一一列舉出來（實際觀察過）。一腕尺大約五十公分，狗從三、四腕尺，貓從十腕尺的高度落下來也不會怎麼樣，但讓馬從同樣高度落下的話卻會骨折。還有，據說蟋蟀從塔上落下來，螞蟻從月世界落下來也沒問題（這大概是開玩笑的吧），像下面的例子這樣繼續假設下去的話，我覺得特別有趣。

如果幼小孩子的哥哥或姊姊們，從高處掉下來可能會挫傷腳，或撞破頭蓋骨，但他們從同樣高度掉下來卻可能不會受傷而且平安無事。

我想我長大以後，自己也要像這本書的沙爾亞提那樣談有趣的、小孩也能懂的科學話題。如果做不到，至少也要當一個聽得懂科學話題的市民，像撒格里多那樣，有科學家演講的時候就去聽，可能的話，就跟科學家做朋友，我真的這樣希望。

於是，我將來要朝文科系去升學，這件事情已經決定了我人生的方向。進入法國文學系，讓我發現了自己能做什麼，真正想做什麼，並遇到鼓勵我的老師。然後開始寫小說。

那麼只要在中學生的能力能夠跟得上的情況下，雖然很辛苦卻讀了《新科學對話》是不是白讀了呢？並不是。透過科學上的觀察、實驗所產生的想法，在文學世界也是必要的。尤其是要把自己所想到的事情，所發現的事情，表現得讓別人能夠理解的話，科學的書真的可以當作範本——就算是給初學者看的書也很有用——。

尤其我在寫這種隨筆時，經常會想起科學家沙爾亞提和市民撒格里多之間高尚的幽默，我希望能夠學習他們談話的正確樣子。

## 5

這幾年，我見到許多傑出的物理學家、化學家、醫學／生物學家。這是獲得諾貝爾獎的好處之一。不過，我想這些科學家們，如果認真談起他們的專門領域，我恐怕一點也聽不懂。

與三百五十年前佛羅倫斯的新科學比起來，現在的科學已經大為發展，分出許多細微的專門領域。然而，現在，我甚至想，一般市民中恐怕沒有人能夠理解同時代科學家正在想什麼事情，做什麼事情。

我們雖然蒙受科學進步的福蔭，然而諸如核子武器等科學家所製造出來的東西，有些也可能帶來使我們步上毀滅之路的危險也不一定。還有製造出的大量化學物質，也可能使地球變成人類無法繼續居住的地方。連圍繞地球的氣象環境都受到科學所產生的東西影響。

科學再發展下去對活著的各位來說，是比什麼都重大的問題。一般市民，對科學也有不得不必須知道的事情，因此，必須由科學專家來為我們說明。

在這裡，我想拜託身為小孩的各位，能夠做到你們的祖父、父親年代的人所無法做到的事情。現在的教育場所，連小學生、中學生的你們，也許早早就區分要往理科或文科升學的人了。上次我在新聞報導中看到這種提早決定方向的教育計畫。

但是你們進入學校後，卻能夠立刻超越理科、文科的差異，交到朋友，並繼續一直保持這種友好談話關係嗎？升上高中，就算在那裡因為科目的選擇不同而分開，卻能繼續保持友誼。上了大學之後，如果也能互相確認做人的共同基礎的話，我想這會成為很大的力量。

我想像由理科系的高中生，對文科系的學生，說明《新科學對話》的數學方程式難懂的地方，應該比較容易吧。另一方面，文科系的學生，把市民撒格里多說話方式的獨特幽默感告訴理科系的朋友，讓有點過分認真的理科系朋友也能好好欣賞，我期待能看見兩個人愉快地談笑的情景。

這樣的話，將來諾貝爾物理獎、化學獎、醫學／生物學獎的得獎人當然不用說，九十九位候選人，也能像伽利略那樣以容易理解而有趣的寫法來寫科學的書，而一般市民們也具備基本能力能夠理解他們所說的東西，未來應該能夠形成這樣的社會吧？

# 惡作劇的精力

## 1

日語的文章中，有很多外國語，這些都以片假名來書寫表示的。例如讀法文報紙中，引用很多英語和德語，和這種程度比較的話應該很容易理解。我想這是日語中最顯著的特點之一。

這種進入日語裡的外國語，也隨各個時代而有不同的流行。不久以前，ヴァルネラブル這個字常常被使用。

Vulnerable這個英語的形容詞，名詞是vulnerability。意思是容易受傷，這是從拉丁語來的。我詳細地查了字典，上面的說明依照古老使用例子的順序，有容易受傷、容易受到責備、容易受到攻擊等，向來以這樣的意思被使用。

這個字，常常被使用在日語的文章中，是因為那個時期社會問題中「欺負」經常被特別拿出來討論的關係。為什麼會發生被欺負的事情？為了說明這件事的學者中，有好幾位都使用這個字。

小孩之中——仔細想想，不只是小孩，連大人也一樣——有容易被欺負的人，他們就是想用vulnerable這個字來掌握這種容易被欺負的孩子常有的性格之一。

小時候的我，與其說是欺負別人的一方，不如說是屬於被欺負的一方。那麼，為什麼在思考欺負這個問題的人，不好好去調查為什麼會產生欺負別人的小孩（們），卻只把為什麼會有容易被欺負的孩子當成問題來研究呢？這似乎把責任過分放在被欺負的一方，這種做法讓人難以喜歡。

因此，在直接和欺負有關的意思上，我就不用vulnerable這個字。即使這樣還是會擔心，所以我在讀書時，每次遇到這個字，就會把那個字記入卡片中。

不久以後，這個字開始以名詞形出現，就是vulnerability，但是我看到一個令人擔心的用法。

在國際關係上我一直認為比任何事情都重要的，是用在廣島和長崎的核子武器應該永遠不要再被使用，這是我們要努力去做的。美國和蘇維埃聯邦之間互相競爭核子武器的製造和擁有的時期——現在雖然蘇聯已經解體了，但美國和俄國，還有其他保有核子武器的國家之間，比什麼都依賴核子武器的政策依然沒有改變——我讀過關於雙方領袖準備如何使用核子武器，或希望對方不要使用的書。

也就是關於核子戰略的書。上面就用到vulnerability這個字。對立的雙方陣營，各自把他們的核子武器安置在自己這邊的幾個陣地。那個時候，只要雙方以同樣強度的核子武器相向，就不會發生核子戰爭。然而如果有一方某部分比較弱的話，對方就比較容易發動攻擊，所以會發生核子戰爭。因此事情就變成好像弱的一方誘發攻擊似的。

雙方為了消除這個vulnerability，於是不斷地增強自己的陣營，製造出比對方強的核子武器，並更廣泛地配備。

於是現在，地球上已經累積擁有可以毀滅整個地球好幾次，那麼多的核子武器數量，就是因為這樣。

## 2

讓我們回到關於孩子，使用容易受傷的、容易被欺負的這種意思的vulnerability這個字。我雖然出生而且成長在森林裡，但卻是個感覺與其在山野漫遊，不如讀書更適合自己的孩子。

因此，雖然不是一直持續，不過有時候，我會被欺負。這種時候，我不會向欺負我的團體的老大（們）承認我輸了，於是要求讓自己也加入那個團隊。我沒有這樣做。與其當團隊的一個成員去做某種事情——我曾經參加過中學的棒球隊——還不如去做自己喜歡做的事，這種心情很強烈。

雖然我想盡量維持一個人行動的這種初衷，但是還要努力減少被欺負的機會。看起來好像是在妥協，但結果，使欺負人的一方不至於變本加厲升高氣焰。所謂升高，是剛才說過的核子武器競爭中也使用的語言，表示力量逐漸增強的意思。而且，我內心覺得沒有被逼迫到很嚴重的地步，我就能熬過最苦的關頭。

然而，對於中學生的我，還是有始終無法建立良好關係的，不好應付的對手。那就是我二姊，還有跟她同年齡的女學生同夥，我怎麼都沒辦法對付。因為這種女孩的集團，並不會以暴力打過來，所以照理說只要別太介意就行了……

我大姊和我年齡相差十歲左右，兩人間幾乎沒怎麼說話。可是，我和比我大兩歲的二姊，還有與她同班的女同學，有時候多少還是會說一些話。這時候，我老是被她們嚴厲批評。

如果用剛才的用語來說的話，就是我是一個容易被高年級女生欺負的，容易受傷的vulnerable的孩子。簡單說，就是我有她們不喜歡的地方——而且，有讓她們想要攻擊、教訓的地方。

我只能想起自己的感受，所以也許說法容易流於單方面，不過我在學校裡或放學後在玩的時候，常常會被這些女學生刁難。因為我會立刻臉紅或默不作聲，所以我想因此她們也覺得這樣刁難我很好玩吧。

中學一年級時，有一種主要以四國和中國地區[1]的學校為對象發行的國語副讀本。把印刷好的紙張裁切重疊，用釘書機釘起來的只有十六頁的月刊雜誌。裡面有刊登中學生新詩創作的專欄，徵文用明信片投稿。

我讀過那一欄，對於和自己同樣年齡的孩子能寫詩，而自己讀過後竟然會感動，覺得是一件很有趣的事。不過倒是沒有想過自己要寫詩。國語課的時間裡寫作文是有的，但老師從來沒有叫我們試著寫詩。

有一天早晨，上學之前，為了採蔞蒿餵我養的兔子，我走到家後院的柿子果園。我發現眼睛高度的柿子樹枝上，還附著雨滴。我腦子裡忽然浮現分成四行的字句。

雨滴上
映著景色
雨滴中

那天下午，從學校回到家，我還記得那四行字。雖然不知道那是不是詩，我跟母親要了她寫壞的明信片，把還記得的字寫上去，拿去郵局寄。

看到自己的「詩」在雜誌上登出來，感覺那不是真正的詩。我沒有告訴班導師和同班同學。可是三年級的女生卻讀到了。她們三五成群站在我教室外的走廊上說：

——雨滴！

那表情和口氣，實在是壞心眼。我經過走廊時，她們也三五成群地一面超越我，跑上前去一面回頭說：

——雨滴！

她們一直念個不停的樣子，讓我傷透了腦筋。

每次有人問我文學作品的種類中喜歡什麼時，我總是回答詩。有好幾篇外語的詩，我還特地自己翻譯出來記在卡片上。

日語的詩，我記得更多。年輕時候在夏威夷大學參加研討會，遇到十幾歲就移民過去的阿婆，吟出只記得一行或兩行的詩，我就會把剩下幾乎所有的詩句完整的幫她寫在紙上，這讓她非常高興。

雖然如此，自己就因為被她們取笑「雨滴！」覺得自己很差勁的經驗作祟，沒再寫過詩。

3

只不過出於想使壞心眼的動機而批評人，是小孩會做的——大人也會做的——最不好的事情之一。

小時候的我，光是對家人、朋友，或只是在村子路上遇到的人，甚至對貓和狗，都常常會興起惡作劇或刁難的情緒。而且對方並沒有什麼理由招惹我，只是我自己心裡湧起「惡作劇的能源」，無法克制的結果。

小孩子，不自覺地做出惡作劇的事情，這可能也沒辦法吧。就像剛剛說的那樣，「惡作劇的能源」在作祟，被那個推動著啊。

做過像那樣的惡作劇之後，自己不可能還不知道這是惡作劇。自己做過的事情，會覺得像映在自己心中的螢光幕上似的。而且，這「惡作劇的能源」一旦用過之後，就會減弱。換句話說，要反省並不困難。反省的方法，在好好想起自己說過做過的惡作劇事情之後，要深切地想到：

——這樣做，不會有任何好處！

能這樣想就好了。

相反的，惡劣的態度是，想成自己會惡作劇，是因為對方引誘自己做的關係。把責任歸咎於對方是容易受傷的軟弱 vulnerability。

4

各位同學應該知道福澤諭吉這個名字吧。他認為過去一直鎖國的日本，應該跟世界各國建立友好關係，日本人必須要有新的生活方式、新的想法才可以的時代已經來臨——明治維新前後——他想引進日本人必要的東西，幫助日本人進步。

福澤諭吉這個人，充分知道人類是什麼樣的生物。而且，人類的素質中，只有惡的，沒有半點好的，這叫做「怨恨」。

此外，性情粗暴的人——福澤稱為粗暴——擁有勇敢，這樣的良好素質。輕薄的人，則可以說有聰明的好處——福澤用伶俐來形容。

但是，只有怨恨這個素質——怨恨別人、嫉妒別人——卻跟好的素質沒有關聯。這東西可以說完全不會產生什麼好事情。

這個字眼現在幾乎已經不使用了，我希望各位同學把怨恨這兩個字收到頭腦的角落。而且將來，如果無法避免地遇到非常傷腦筋的人時，你發現對方有和這個字眼完全吻合的地方，都可以不必認真生氣或感到悲傷。

我想，小孩的世界裡，接近「怨恨」的素質，就是惡作劇的壞心眼吧。

並不是說怨恨等於惡作劇的壞心眼。而是說大人基於怨恨所做出的事情，和小孩所做的惡作劇很接近。如果有人在言語行動上持續對你惡作劇時，你只要對自己說：

——好吧，我對這個人說的話做的事不要認真生氣，或傷心。

就行了。

而且自己要立下一個原則，就是不對別人說出或做出惡作劇的事情。「惡作劇的能源」不會產生任何好事。小時候我在書上讀到「沒有生產性」這樣的字眼，我很喜歡，於是拿來用在這種情況。

---

❶ 這裡的中國地區是指日本本州西部包括岡山、廣島、山口、島根、鳥取五縣的區域。

# 不說謊的力量

1

一個人如果被家人和朋友都認定是個不說謊的人的話，這是很大的價值。或許可以稱為無上的價值吧。於是實際看到稱得上不說謊的人時，你會感覺到，就是這樣的性格。還有，有時候你也會知道，那個人是在這樣下定決心之後，才變成一個不說謊的人。

我覺得在成長過程中，能夠自然形成不說謊性格的人是幸福的，至於對在人生某個階段能夠下定這樣的決心，並一直遵守下去的人，我也一直懷著尊敬的心。

說到我自己，雖然懷著為自己小時候辯護的心情，我算是一個想要多說一點愉快事情的心意很強的少年，結果常常被人家當成我在說謊。我中學的時候，在書上或字典上發現什麼不可思議的事情覺得很有趣時——例如塔斯馬尼亞的動物中，有很多像袋鼠一樣擁有育兒袋的這種事情——於是在運動場的角落向幾個朋友現學現賣時，就有個高年級的非常漂亮的女學生，指著我說：

——每次都說謊的孩子！

我回到家之後臉色陰沉，母親問我發生了什麼事。

然後，她這樣告訴我：

——雖然自己沒有這樣的意思，可是也許聽的人卻覺得那跟說謊沒有兩樣。以後，有趣的事情，只說給會當作有趣的人聽噢！

我到東京上大學之後，遇到在都市長大、頭腦很好的同班同學，對方一開始就懷疑我說的話。那段期間我開始過小說家的生活之後，甚至遇到這樣的編輯，第一次見面，就衝著我說聽說你是「狼來了少年」，換句話說，就是聽說我似乎是個每次都說狼來了的說謊少年。我想起母親的話，深深感慨。

然後，我找到了不把我的話當謊話，能夠聽出趣味來的人，我們成為朋友，而且也跟這樣的人結婚了。

於是，對這些人，就算自己沒有這樣的意思，也不要變成像在說謊一樣，我好幾次這樣下過決心。雖然有沒有好好遵守，自己也說不上來……

## 2

說起來，我年輕時，自己曾經思考過說謊這件事，進而發現一個事實。除了不說謊的性格、決心不說謊之外，要做不說謊的人，還有一個條件。

那就是不說謊的力量，能夠不說謊而活得下去的能力。而且，我認為，這力量——能力——是可以在自己心中鍛鍊出來的。

這和不說謊的勇氣有類似的地方。不過，我並不是說，勉強鼓起勇氣來——有時候就算勉強，也有必要鼓起勇氣來——而是說以一種自然的生活哲學，如果以我在文章中用過好幾次的語辭，就是「活著的習慣」，已經學到這個的人，在我看來就是擁有不說謊力量的人。

各位同學，到目前為止對遇到的人，還有現在教室裡在一起的人，也會有覺得哪個人是強人，哪個人是弱者的印象吧？

而且，如果能想到具體例子的話就會知道，強人和弱者並不是清楚而固定不變的，會在意想不到的時候，強人變成弱者，相反的弱者也會變成強人，相信各位應該也有這樣的經驗。而且雖然如此，還是有些人會讓你覺得，啊，這個人是個強人，有的人讓你覺得是個弱者。就某個團體中的情況來想的話，那裡面多少會有這種區別。

而且，如果強人卻說謊的話，是最難對付的對象了。這種人心裡有惡作劇的壞心眼，而且會強行貫徹到底。就算勉強也要推行到底，不惜說謊。這種類型的人，我小時候——長大以後也——遇到過幾個。小時候有小時候的麻煩，長大後就更複雜更難過，那種感覺令人始終難忘。

另一方面，我也看過不少因為自己是個弱者，所以常說些不必要的謊。例如從村子各地方的小學分校，聚集到一個中學來，突然有了很多新的同班同學，其中就有這種男孩子。雖然沒有現在報紙或電視上報導的印象那麼惡劣，不過他會成為被欺負、虐待的對象。為了多少躲避虐待的壓力而說新的謊，於是又被虐待，經常有這種情形。

我沒有加入虐待人的團隊。可是，也沒有站在那個孩子那邊一起努力以避免被欺負。而且在我心中，是以自己不喜歡那個軟弱而說謊的少年當作藉口。對於小時候的自己，這一點才是最令我討厭的記憶。

前面所談到的，強人說謊和弱者說謊，這兩種人，如果想要實際看看這個類型的話，讀狄更斯的小說最有幫助。其中尤其以《塊肉餘生記》中的烏利亞希普（Uriah Heep）這個人物——名字本身取得就像可以讀出你這個說謊者似的。Uriah和liar，R和L雖然不同，但有不少人指出這兩個字的關係——有時候以強人姿態說謊，後來又以弱者姿態說謊，那寫法真是不得不讓人感嘆。

# 3

那麼，讓我們來繼續談談關於不說謊的力量。各位同學應該也在電視實況轉播或報紙新聞上看過國會開會的樣子吧，政治家以國會的證人身分公然說謊，或者在記者會上說謊而被揭穿，例如拿前一陣子發生的一連串事情來說吧。

首先，身為強人卻說謊，謊話被拆穿了。我想電視新聞已經播出同樣的錄影帶不知道多少遍讓大家親眼目睹。各位同學，這些國會議員，說了謊被拆穿，可是面對眼前的議員同僚們，還有看電視的眾多國民，居然沒有羞恥感，你們一定非常驚訝吧。

不說謊的力量之一，就是自己對自己能感到「自豪」。各位同學可能不太有機會把眼光看進自己的心裡，重新確認一下裡面有沒有一股「自豪」這東西吧。可是，卻能夠會感覺到連父母親、兄姊、還有老師都在忽視自己的「自豪」。以這種方式，面對自己內心的「自豪」，是常有的事情。我想起小時候的自己就是這樣。

現在如果我說個謊，誰也不會知道。雖然如此，我想我還是不要說謊。因為，我感覺到說謊這件事情本身，會傷害到自己的「自豪」。

在我小時候的記憶裡，和成年以後自己的家庭裡，從養育殘障的孩子和健全正常孩子的經驗中，知道孩子們心中確實有一股名為「自豪」的東西。

而且，到了現在這個年齡，我想，小時候雖然擁有，而長大以後卻失去的人性之中，「自豪」才是最重要的特質吧。喪失了「自豪」的大人一開始說起謊來，就停不下來了。這樣的時候，他自己是不會努力不說謊的，所以要靠周圍的人點醒、讓他停下來，除此之外沒有別的辦法。

其他的人尤其要看穿強人的謊話，把真相弄清楚，讓他知道這是不對的事情，如果回到國會議員的例子，下次選舉不要讓他當選是最好的辦法。在民主主義的規則中，這是比任何事情都更根本、有效的方法。

各位同學，長大後擁有選舉權時，不要投票給會說謊的強人，請從現在開始就先立下這樣的原則。

## 4

國會議員中有人說了謊話——這種情況是，過去做了不正直的事情，卻在記者會上說沒有這回事——被拆穿了，因此而辭職的國會議員中，有些人看上去好像是強人，但其實是弱者。這個人說的謊是弱者說的謊，有一位女士是被這樣認為的。

我認為這個人是因為軟弱而說謊的，第一次當上國會議員時——雖然同樣擁有議員的權利，但因為年輕或者因為是女性，因此處於比較弱的立場——面對同黨的前輩議員，或身為祕書長年服務到現在的那些人所說的話，就算明知道那些人或那些話不正直也無法拒絕。

再加上周圍也有人做著同樣的事情，心想如果自己的不正直沒有人會責怪的話，就行了。因為她是個無法自我檢討的人，不會思考那樣做是不對的，因此我認為她是弱者。

我要說的就是這種人，沒有不說謊的力量的人。

不過，那個女人處於較弱的立場所做下的不正當行為，如果她自己承認的話，會讓幫助她做出不正當行為的人處境為難，因此繼續說謊到底，她反而成了犧牲品，也有人是這樣的狀況。

但就算這樣想，我認為那個女士，還是沒有不說謊的能力。因為如果她具有那種能力的話，她自己會把別人的不正直——無論對明確知道那是不正直的人，或對只模糊知道卻幫著去做的人——一點一點朝正當的方向調整回來，最後還可以自己負起責任。

## 5

孩子有孩子的社會。在那裡面，不要去傷害別人，也不要被別人傷害，要平安地活下去。為了這個，大人們能在社會上發揮作用的智慧，必須也能發揮到小孩的社會才行。

於是我想，即使陷入不說謊就會無法順利維持周圍關係的情況下，也要努力想辦法讓孩子不說謊。

如果跟這個人要維持良好感情，就不得不說謊，會這樣擔心的話，不如跟這個人保持距離。因此能夠讓對方反省的話，是最好不過的了。相反的，如果發現對於不得不說謊會感到不安，是因為自己的軟弱的話，那麼只要拿出勇氣來道歉就行了。

還有一點，自己要增進不說謊的力量，我小時候就想到一個，而且直到現在還在使用的方法。

如果是個有信仰的人，一定會在心裡有神或佛，而且一定不願意背叛神或佛吧。就算沒有明確的信仰，但我相信應該還是存在擁有像那樣重要信仰的某些人。說得更一般的話——我就是屬於這種人之一——在過去遇到過的老師、家人、前輩、朋友中，想到那個人一定會覺得羞恥的事情，你就無法去做。我認為應該會有這樣的人。

就算是一件小事，當自己快要說謊的時候，就算在很短的時間也好，閉著嘴巴不說話。然後，試著想一想，那個人正在注視著自己喲，這個謊能說嗎？這樣問自己看看。

以我的情況，這些人有的是在大學教法國文學的老師，有的是傑出的音樂家朋友，還有一個是外國朋友，他是一面和白血病搏鬥一面在文學和世界問題上表達明確想法的學者。

具體而確實地認識這些人，也可以幫助你累積不說謊的力量。

當我一面想著這些人一面確認時，自己心中的那股「自豪」就變得明確起來。在人生的尾聲，我想發自內心說「謝謝你，再見。」的就是這些人。

# 做個「知識人」的夢

1

我到去年為止的五年間，在一家報紙上刊登我和外國知識分子的書信往來。這些人之中有小說家、歷史學家、語言學家，他們在我心中都適合以「知識人」稱呼，而我對每個人都懷著是值得尊敬的友人的珍貴情誼。能夠認識這些人，對於現在活著的我來說，甚至覺得或許是最大的幸福。

當我說「知識人」的時候，腦子裡會浮現什麼樣的人呢？我想先讓我來說明這個。話雖這麼說，不過我想把到目前為止所遇到的「知識人」的印象，想到什麼就說什麼，這樣一一排列出來。

他們每個人都擁有一生的工作。為了能夠工作，從年輕的時候就努力用功。並且努力不懈。而且每個人各自擁有獨特的累積方式、獨特的深入方式。那也成為他們的人格。

他們是會透過專門的工作——即使表面上好像離開那專門領域，但基礎的根其實還是相連的——思考自己活著的社會和世界大事的人。對過去歷史和對現在，都擁有自己想法的人。對於其他同樣擁有自己意見的人也能理解的人。對別人的意見不管贊成或反對，都能先去理解，這是很重要的事。

在過去的人生中所學習到的事情、經驗過的事情，現在自己的工作上最根本的事情，能夠以小孩也能懂的語言，帶著幽默說出來的人。

以正在做的工作為中心，對自己的生活方式能負責任的人。那是指對自己，還有對家人、對朋友、甚至對社會，都能負責任的意思。而且，不但一個人能確實獨立自主，也有心跟周圍的人同心協力一起努力的人。

其次，對現在自己所生活的社會和不久的未來的前景，擁有自己的展望。如果沒有的話，會感到悲哀的人。

具體而言是什麼樣的人呢？如果要這樣問的話，例如日本的小說家當中，我想舉出夏目漱石。

## 2

我高中二年級的初夏，第一次讀到法國文學家渡邊一夫的書。而且直到現在都能按照原樣把以下的字句背出來，也記得上學日明朗的嫩葉下的道路。我對自己說：

——這個人真是「知識人」，我要到這位老師教課的大學去！

當時，同班同學之中——後來當上電影導演、工作表現傑出的伊丹十三也在裡面——常常進行著包括使用「知識人」這個用詞的議論。可是我對這個人人憧憬的字眼的意思，卻不甚了解。這時候，讀了渡邊一夫教授關於法國文藝復興的書，幾天之間，我感覺到書中被寫的人和寫書的作者，都是「知識人」。「知識人」應該就是這樣的人，我認真地想著，我要去這位老師的課堂上進修。

暑假裡，回到森林中山谷間的村子和母親提起，她同意讓我到東京上大學。代替去世的父親擔任家長的哥哥也同意。然後和感情最好的朋友伊丹十三說明，自己必須開始用功準備大學入學考試，不能像過去那樣一起玩了，也得到他的諒解。

就這樣，重要的問題一一解決了，我成為經常到美國文化中心的圖書館去讀書的許多考生之一。大家都是優等生，我好像被視為作風奇怪的新加入者，秋天以二、三年級為對象的學力測驗中，我有幾科名列前茅，因此他們也就把我視為同伴了。

3

然後我去考東京大學文科二類——和現在的制度不同，當時那就是想進入法國文學科的唯一窗口——但我失敗了。考試臨近時，剛才提過的那些優等生們就說，你這樣是不行的，還是選別間大學吧。可是我除了想接受渡邊一夫這位老師的教導之外，找不到上大學的理由。

於是落榜後，當了重考生在東京上補習班的我，暑假還是會返鄉探親。要不一整天就花費在試著解答自認為學力最弱的數學和理科題庫上。

雖然也熱衷解題，不過我覺得最快樂的事，還是讀例文比普通題庫要來得長的現代文學，或是從新雜誌和報紙上摘錄下來的，一頁到二頁的英語文章。那裡面，有我以前沒看過的想法和表現方式。為了準備第二次考試所花費的一年時間裡，我禁止自己閱讀文學方面的書。

有一天，哥哥滿臉愁容地回到家裡，就在我正在做題庫的書桌旁坐下來，沉默了一會兒。然後說，村子出身的中學老師在路上把他叫住，告訴他說：

——你難道還想，再多製造出一個笨「書呆子」嗎？

聽完之後我忍不住笑了。雖然不算俳句，不過也許可以稱為語帶諷刺的川柳❷吧。我出生成長的地方就是詩人正岡子規的故鄉，大家不只會作俳句，在日常生活中，這種五個字、七個字、五個字的說話方式是很流行的地方特色。

可是，哥哥氣得臉色發青。而且，粗聲大氣語帶感情地說：

——你不認真一點真讓人傷腦筋！你將來到底打算當什麼？

我答不上來。老實說，我自己兩、三天前也在路上被同一位老師逮到，他問我，上大學打算念什麼？我回答，想進法國文學系。老師說，這個縣的大學沒有法語的專任教師，高中的第二外國語也沒有教法語的班，畢業後回來故鄉也找不到就業機會，你到底打算做什麼？哥哥一定也被問過同樣的問題。

當時我面對心情沉痛的哥哥，卻沒辦法老實坦承，我現在只想當渡邊一夫的學生，完全沒有考慮到將來要從事什麼職業。像我這樣上大學後開始學法語的人，並沒有想到要當語言學專家，或者去什麼地方從事教職。

知道我跟哥哥吵架，母親特地讓我延後用餐時間。然後對獨自用餐的我問道，大學畢業後想做什麼工作？母親也已經知道哥哥和老師間的問答了，證據在於她這樣補上一句：

——我想你該不會想當「書呆子」吧……

我回答母親：

——我要當與這種人相反的人。我想當「知識人」的夥伴。

可是母親問我「知識人」是什麼樣的人時，我無法說明。經常在讀書的人，我只說了類似這樣的話。

母親寂寞地說：

——你父親倒是說過，從前的中國有一種人叫做「讀書人」。

## 4

就像這樣，我小時候的夢想是做個「知識人」，我做到了嗎？我清楚知道的是，自己這輩子活到現在，在本國和外國的朋友中，讓我相信他真是「知識人」的人，現在就有。

既然活這麼久了，加上我的個性不是很安靜，所以認識許多人，但演變成見面也絕不說話的人也不在少數。而且只要我還活著，我發現依然一直維持朋友關係的人——已經去世的年長朋友們，還有與其說是朋友不如說是老師的人——正是我高中時所夢想成為的「知識人」。「小時候內心所嚮往的希望，確實實現了！」我有這樣的感覺。

但是，一些跟我立場相反的人，也是「知識人」。甚至他們之中有更多社會地位較高的人，只是，他們和我小時候所嚮往的「知識人」不同而已。他們對我可能也有同樣的想法吧。由於這樣的判斷，使我心中對自己是否做錯了而耿耿於懷的疑慮終於解開了。

## 5

除了準備第二次應考所度過的一年之外，我從十三、四歲左右開始已經有五十年以上沒有休息過了，可以這麼說，我是為了成為「知識人」而一直在練習，正如母親說過的那樣，就是把讀書當作生活重心的基本態度。

而且，在某個時候我會重新檢討到目前為止的做法，這麼做確實改進不少。在大學畢業前後，我確實在那間教室裡學到渡邊一夫老師教的方法。先決定一個主題，再花兩年到三年，就那個主題持續讀書。

我的職業是小說家。於是，某位聽到我說要定讀書計畫的人曾經問我，是為了寫小說而讀參考資料嗎？實際上就像二十世紀德國成就最高的小說家托馬斯・曼那樣，根據不同目的而廣泛、深入、有系統地完整閱讀相關的書籍，等到小說寫完之後，又為了下一本小說起勁地做別的方向的閱讀。

雖然如此，讀曼的日記時，我們才知道他會重讀某些書籍，有與其說是為了快樂，不如說是為了更強烈的喜悅而重複閱讀。而且，看曼一輩子所讀的全部書籍時，發現有很確實的關聯。夏目漱石也是這樣的小說家、讀書家。

我的情況，並沒有為了小說的取材，而是往以前所不知道的方向擴大讀書領域。因此，不可否認我的小說題材是會變得比較狹窄。

但是，我經常在某個期間想到要讀這個詩人的作品，想要理解這個思想家。於是剛開始有時依賴靈感，有時請教這方面的專家朋友，從基本的書開始讀。漸漸地會知道自己真正關心的是什麼，因此朝那個方向繼續閱讀下去。就這樣經過兩、三年之後，再決心進入要讀的下一堆書的主題。可是，在繼續讀著某方面的書之間，小說中要寫的主題便凝聚成形了——是結果變成這樣的——因為讀了那一堆書，所以完成了這個作品，如此這般。而且好幾次都是這樣……

我從年輕時候起一直很愛讀《唐吉訶德》，大家或許會覺得很滑稽，但因為我已經變得比這位「憂鬱騎士」年長許多了，因此也想重新閱讀，去年秋天出版的小說《憂容童子》就是在這個契機之下開始的。這樣所讀的《唐吉訶德》，和接著讀了我所收集的和這本小說有關的各種書，都和這兩年之間所讀的書有關聯。

說起來，為了騎著瘦馬，身披鎧甲、頭盔，出發去做落伍冒險的「騎士」唐吉訶德，入迷地讀了一冊又一冊西班牙中世紀騎士的故事——依當時出版情況，大約是一百冊多一點——也決心當這種人，因為他本來就是喜歡讀書的鄉紳。

6

在剛開始執筆的「往返書信」的連載專欄上，最令人印象深刻的是和生為巴勒斯坦人，在美國的大學擔任文學、文化教授的愛德華．W．薩依德的通信，這和對方那時候正陷入艱苦狀態也有關係。在其中的一封信上薩依德說，由於你經常讀書，所以你對別人的經驗有共鳴的力量，可以感覺得到有共通的方式和想法。

我們已經是二十年的朋友了，薩依德先生可以說是現在世界上最優秀的「知識人」，他在信上能這樣寫使我感到很高興。當然也覺得自己身負責任……

而且如果母親還在世的話，對於我能過著「讀書人」的生活，我想她也一定會感到很欣慰吧。

❷川柳：由五、七、五共十七字組成的詼諧、諷刺短詩。

# 幫人傳話

## 1

那是我滿六歲時，冬天早晨（十二月八日！）發生的事情。

天色還漆黑一片中，我聽到前門外窗拉開的聲音而醒過來。一個男人走進土間來站住，並叫著我父親：

——老闆、老闆。

然後開始說話，我母親從廚房繞到土間來交給客人的托盤上，放著兩個大杯子和一小堆像三角山的鹽，在電燈下閃著白光。說完話的男人，頭忽然垂下喘了一口大氣。然後，從托盤抓起鹽放在左手背上，伸出舌頭舔一下，把一杯酒喝乾。然後又舔了一次，拿起另一個杯子喝乾。

過一會兒，我被叫到父親處理家業事務的房間裡去。父親正在重讀紙上所寫的東西。我想大概是要我去送信，然而卻不是，父親把自己所寫的文章慢慢讀兩次，要我記住，再讓我沿著家門口的道路往下游方向走，去村幹事家。那裡也是一間文具行和小工具店，就是到在村辦公室上班的人家裡去。

他們開了門，這次我也進去站在門內，拉開嗓門喊著先生、先生，然後向坐在裡面的村幹事傳達父親所說的話。

說著「太平洋那邊，日本跟美國開戰，事情鬧大了」這樣的內容。我很緊張地說唯恐把話記錯了。同樣端出來的托盤上，當然不是酒而是水杯，喝了那杯水讓怦怦跳的心鎮定下來。

## 2

現在要知道像這樣的大新聞，不管大人小孩，都是從電視、收音機，或報紙得知的。從現在往前倒推六十年，我家裡已經有收音機，也拉了電話線。可是為什麼，那從下游小鎮汗流浹背跑來的男人——如果只提跑來這回事，也許在途中腳踏車爆胎了也不一定。雖然如此——為什麼要特地用口頭向我父親傳達新聞呢？村子的其他有力人士，在小孩的我去傳話之前，對這件大事難道不知道嗎？我覺得這真是不可思議的事情……

根據我祖母的說法，明治維新之後農民開始暴動——稱為百姓一揆，可以說是對新政府派到我們地方上來的所謂郡長的官員，實施抗議示威——遊行的隊伍立刻就要來到這個村子了，據說來傳話的人，就是個頭上還結有髮髻的小孩。

## 3

這件不可思議的事情一直銘記在我心裡。不用說小時候，甚至到了上大學以後，我都還會作和那有關的可怕的夢。夢見我把人家要我記住然後傳下去的重要話語給忘記了這樣的夢……

在日常生活中，也有不得不向某人轉述別人如何說的時候，我都會很緊張。老實說，到現在也是一樣。

直到不久之前，我還常常出席外國大學的研討會或會議。在那裡往往必須在自己的發言中引用別人的發言，以表示贊成或反對。大抵發表者的原稿都會複印分發給大家，但是在臨時即興的發言中，如果擔心不知道有沒有充分理解時——我的外語聽力不牢靠——我會在休息時間，再去向當事人確認我筆記上所記的對不對。

那樣的實例，我現在想起好幾個人，我和認真回答我問題的人後來有通信，或者受到邀請參加別的場合的研討會。

我這邊的發言也能在確認過後才引用——無論贊成或反對——能確實反應的人，是我覺得可以信賴的人。相反的，對於做不正確引用的對方，我會要求更正。當然，有些人會有不愉快的表情，但有些人反而成為長久的朋友。這是會議有趣的地方。

有一位奈及利亞的劇作家，第一位獲得諾貝爾文學獎的非洲人渥雷・索因卡（Wole Soyinka），真是一位傑出的人，就像我剛剛所說的情況下，我們成為朋友，那是他和我都還三十歲出頭時，在夏威夷開會認識的。

4

不在研討會或會議中，而在日常生活中的談話，我也會很用心地正確聽取別人的話，並且正確傳達。我的想法是，這是人際關係中比什麼都重要的基本事情。

各位同學都玩過「傳話遊戲」吧？就是幾個朋友聚在一起，把第一個人說的話，一個接一個地傳下去，到了最後一個人那裡時，看看「傳話」會出現多少誤差的遊戲。

不是小孩子的我，已經沒有機會玩這種「傳話遊戲」了。於是，電視上綜藝節目有玩這個遊戲時，我就會迫不及待地看著。不久前，這個遊戲還一度變成固定時段的表演節目。

我為什麼這麼感興趣呢？因為玩「傳話遊戲」的人的回答方式中——尤其是把聽過前一個人講的話要傳給下一個人時，那錯誤的方式——有可以分類的特徵：

1.注意力不集中，而且輕率，會重複出現單純錯誤的人。

2.由於想要讓下一個接聽的人覺得有趣的心情很強烈，於是忍不住把聽來的話改造一番的人。

3.同樣也把事情改編，不過是往自己覺得有趣的方向改變的人。

第一種人真拿他們沒辦法。不過，如果是小孩子的話，平常要多注意聽別人說話，好好想一想這個人到底要說什麼再傳達，應該就可以傳達得正確多了。如果是年輕母親的話，為了讓孩子增進正確的傳達力，說話時要多注意。這樣做之後，或許可以發現有時不是小孩的錯誤，而是自己聽錯的也說不定吧？

第二種人，如果仔細觀察的話就會立刻發現，這種人真的很多。把不太需要負責的會話，在可以自由享樂的環境下——跟家人和朋友的悠閒會話——甚至想說或許以這種傳達方式才最普遍呢。

我們平常在生活中和人說話時，其實，很少含有重要訊息。像學校老師那樣，每天為了對小孩子傳達正確資訊和知識而說話時，自然會一本正經認真地說，顯得跟平常的說話方式不一樣。

老師們也是如此，在同樣是老師之間，應該也會輕鬆地開開玩笑，放鬆心情，也會有興高采烈的情況。

因此，我想他們與其說以傳達「真實」為目的，不如說可能想創造出和聽話的人擁有共通的「心情」，這才是主要目的吧。

然而這種情況，對於除了那位傳話夥伴之外的別人來說，自己所說的話，在傳話夥伴之間加以扭曲之後可能會傷害別人，這是常常會有的事。

在這種氛圍的談話中，有人會為了把話變得有趣而誇張，或改編——雖然不到說謊的地步，但卻像編故事般讓話題有趣起來——這時候，有人會說：

——不，不是這樣吧？

以輕快的感覺把話打斷，把傳達資訊的誤差再調整回來。

有勇氣追求公平，說話技巧也高明的人，挑起這樣的任務時，真令人愉快。也有人對別人說的任何有趣的話，一律表示懷疑，這時候，我就會覺得這個人性格狹窄，真有問題……

## 5

第三種人也沒辦法。我想起一個我在二十歲出頭時認識，卻一直避免跟他直接對話至今長達三十年的人。在社會上有名聲有地位的他，本來就很有自信，而且也一直受到大眾支持。因為他經常受到大家注目，一直可以隨心所欲地生活，因此他的人格變成不會注意聽別人說話，並正確地傳達。

既是政治家也是作家的他，前不久正好出了一本類似自傳的書，把和他同年代的小說家和評論家的照片放進那本書中，希望我也能答應在書中露面，因此出版社寫信來請求我的許可。也附上有關那張照片的文章段落，提供我參考。我發現內容與事實相反，因此在回信用的明信片上寫道，我同意刊登照片，不過這裡所寫的我說的話並不正確。

這位編輯的回答竟然是：

——他說「沒關係吧。」

在傳達人家的話時，先別說不正確在前，人家把你指出來了，你還說，沒關係吧。周圍的人竟然也容許。這個人物都爬到這樣的地位了。而且被這種作者說「沒關係吧」，對於自己應該負責的出版品，竟然也有就那樣放行的編輯。

對於別人說的話沒有習慣和能力注意聽的人，而且他們周圍又沒有要求他們反省的人，一旦這種人坐上了政治領導者的地位——對於他本人以及市民——都是一件不幸的事。在現代史上有很多這種實例。

而且那樣的人物在正當的批判下失去政權之前，只要他還擁有權力，他所說的話所寫的事情就會按照原樣印成書本，允許書籍如此出版的編輯要多少有多少。現在，這個國家就是這樣。

6

不過，還是少年、少女的各位同學，我想對你們說以下的事情。如果各位不想當剛才所寫的那樣「不幸的」指導者、「不幸的」市民，不願意在職業上變成一個無法保持尊嚴的「不幸的」推手的話，你們可以訓練自己。

過去我也常常寫到，可以藉著正確寫文章，來訓練自己！

寫文章這件事，可能很多人想成是寫出自己心中所湧出的東西。可是，我們其實是寫自己的眼睛所看見的事情——反對這個的人應該很少——這樣仔細想一想，我們是在寫自己的耳朵所聽到的事情，這樣繼續推論大家應該也會贊成吧？

我們真正的智慧，是充分接收自己的眼睛所看見的事情——包括讀書也算在內——接收自己的耳朵所聽到的事情，轉化、產生自己可以活用的東西。

我們雖然是以自己的頭腦在思考，但一個人思考時，問題可能混亂不清，得不出答案來，這時在自己心中，製造出和自己不同的一、兩個人物——或者把現成的人物叫進來這裡——試著想像這些成員的對話看看，再加以整理並深入研究，會有益處。

前面也舉過例了，柏拉圖的《米諾篇》和伽利略的《新科學對話》，就是那種人類思考事情的做法傑出的樣本。

而且，像這種思考結構，重要的是與其執著於自己的想法，不如好好聽取別人說什麼、怎麼說，要具備確實聽進去的專注能力。

好好地注意聽別人說什麼，如果能用心注意聽進去的話，自己真正必須說的話也能確實整理出來。對於不肯聽別人說話，只顧堅持主張自己意見的弱點，自己也能有所自覺。從這裡開始，將產生耐心堅強地說服別人的力量。

在這裡，我想建議各位，試著寫出自己的文章。把讀過書後自己所做的整理，實際從別人聽來的事情，包括那個人說話樣子的生動內容，都寫出來。

然後，重新再反覆閱讀。而且，不妨把感覺模糊的地方，再一次和書本互相對照。如果能感覺得到：

——那個人，不是這樣講的。

那麼在重新改寫文章之間，也可以重新得到新的理解、新的啟示。

我小時候的個性，對於大人說的話並不是事事都乖乖聽話。如果我覺得對方說的話不對，有時候也默不作聲，這是在我沒有自信完全理解對方想法的時候。就像剛才說的那樣，當我用外語說話時，現在還是會有同樣的情形。

包括老師和父母在內的大人所說過的事情中，一旦出現各位認為重要的話語，你們不妨寫在日記或筆記裡——也可以反覆重新寫——我建議各位多練習寫，盡量寫得有自信能夠確實把意思傳達給別人。朋友說的話，甚至心裡自己對自己說的話，也同樣多練習把它寫出來。

# 如果年輕人能知道！如果老年人能做到！

1

去年五月中旬，在法國大使館，我獲頒法國榮譽軍團司令勳章（Commandeur de la Légion d'honneur），同時接受現在已經所剩不多的朋友——這些朋友，是對已經亡故的共同友人們懷有特別記憶的人——的祝賀。

自從上大學之後，我雖然一直在學習法國文學和思想，但並沒有成為日法關係的專家來回饋什麼。只是一直在推展日文和法文之間的翻譯，尤其努力提倡高品質作品的互譯，我和朋友一起在做以此為目的進行的工作。我推測我可能是這一點獲得肯定吧。

我第一次在報紙上讀到同鄉人的名字，是那個人參加戰爭建立功勳——而且被殺了，至於所謂的功勳，其實是和中國及菲律賓立場相反，是站在殺人者這一方——獲得金鵄勳章的報導。

我同時感受到光榮、榮譽和恐怖的心情。戰爭結束後不久，該枚勳章被廢止了，我在報紙上讀到這個消息時，總算覺得從不安中得到解脫。

然後又過了一些時候，敘勳制度再度復活後，我希望自己和那金鵄勳章所引起的回憶沒有關係。而且一直就那樣到現在，但這次，雖然是外國的勳章，我卻獲頒一個。於是在法國大使公邸的美麗草坪上，我覺得看著對面時，初夏強而有力的濃濃綠蔭中，小時候的我正不可思議地看著這邊的我……

對頒發勳章給我的大使，我也說了感謝的謝辭——在那一個月之前，我利用和日本優秀研究者結婚的法國女性幫我錄的錄音帶每天練習法文，因此阿光甚至比我先學會流利的法語發音——這些年我把小時候在四國的森林裡自己所感覺到的一切，即便年幼時也想到的事情，憑著大學法文系所學到的方法，寫成小說。以這一點來說，是很單純的人生。

而且我在大學裡所學到的事情，主要是來自渡邊一夫這位法國文學學者的指導。雖然我沒有能夠像會中出席的前輩和同學那樣，繼承老師的學問成為研究者，不過自從開始寫小說以後，我就經常拜見老師。當然老師所寫的文章也繼續拜讀到現在。當公布要頒發勳章的事情時，我很清楚想起，在我小小的結婚典禮上，老師的禮服衣領有著跟我的勳章綬帶一樣的紅色。

## 2

我想在這裡引用一節渡邊一夫老師為我們授課那段時期所寫的文章。雖然有點長，不過以我的心情來說，很想把老師的文章直接交到各位同學手上。

老師使用了「準邊緣人」這樣一個大家沒聽慣的用語，在當時英國的年輕評論家所寫的書中，「outsider」這個字正在日本流行。指的是在社會外側的人，老師認為自己所生活的日本社會，是由四十歲到六十幾歲的男人所推動的，他嘗試以「準

outsider」來稱呼更年輕的人——尤其強調女性。

從「準outsider」的眼裡看來，似乎覺得壯年、老年男子所支配的世間，有一些應該被視為完全「落伍」的地方。也就是說，這些身為支配者的人，以權力和金錢當作保護傘，言語行動常不知約束，在任意胡來之間，不僅招致自身的毀滅，同時也使得憂心旁觀這一切的「準outsider」們，擔心自己可能被捲進去而遭殃。

……………………

年輕這回事，是個未知數，也是偉大的。因此，年輕人才更需要珍惜自己的年輕。婦女的感受，也許和男子不同，因此，為了正確判斷一切事情，就必須讓男人也理解女人的感受才行。

法國有一句古諺說「如果年輕人能知道就好了！如果老年人能做到就好了！」（Si jeunesse savait ; si vieillesse pouvait!）不但表現了年輕人的力行和老年人的智慧，同時也感嘆年輕人的淺慮和老年人的無力吧。但實際上，我想有些方面也可以換成說「如果年輕人能做到就好了，如果老年人能知道就好了！」（Si jeunesse pouvait; si vieillesse savait!）

這篇文章是在一九五九年寫的，老師對十四年前的敗戰以及在那之前的戰爭時代，記憶仍很鮮明，剛才所引用的前半段想法中，我覺得似乎充分表現出他的那種感情。

然後經過了四十四年。在這中間，例如泡沫經濟時代，因為土地和股票的異樣暴漲而高興陶醉的人，也終於招致身敗名裂。而且後來緊跟著，長期持續的經濟不景氣中，和泡沫經濟沒有關係、沒有嘗到甜美汁液的廣大階層的人們也被波及捲入，一同遭受困苦磨難，我相信各位同學也能感覺到自己身邊就有這樣的事情吧？

剛才引用的段落中省略的地方，也有這樣的文章。

有些日本現在正在進行的事情，例如，現在的政府在議會的行動，對於「準

outsider」來說，就是令他們感覺災禍即將上身的預兆。

比如目前正在議會制定的法律，一旦在日本人的生活會被波及的地方發生戰爭的話——啊，敗戰後到現在我們一直堅持、希望的就是不要再有這種事情——日本自衛隊為了協助美軍參加戰爭，正在預先進行各種準備。渡邊一夫所擔心的「災禍的準備」，如果真實發生，恐怕立刻就將波及你們這些「準邊緣人」了。

只是，雖然老師感覺到不安，不過幸虧這四十四年來已經明顯好轉的地方就是，老師所說的「準邊緣人」中被稱為婦女的這些女性的力量，在日本社會的各種場合，都明顯強化了。

3

我是在二十四歲時讀到渡邊一夫這篇文章的，並且記得還留下了特別深刻的印象。我心裡最感到心跳不安的，是想到自己真的「什麼也不知道」的這件事。

心跳，是因為不安。那麼，我是不是因為領悟到自己似乎是個什麼都「不知道」的年輕人，於是性格從此就變得很謙虛嗎？沒有這回事。我還是像個年輕人那樣，似乎想讓心情立刻從不安中復原。已經開始寫小說，也已經發表了。總之，我不得不打起精神來。

這時候，我想到：

——我真是什麼都「不知道」，一點也沒錯。那麼，從此以後，我要一直努力追求新知，我這樣告訴自己。

可是，我好像也把這件事往後拖延。我想，有一天我會去做的。因為我是個個性漫不經心、粗心大意的人。這有一天真是很大的問題。既沒有設定一定的期限，要知道到什麼地步才能算是自己知道了，具體目標也模糊不清。

年輕時的我，自認讀過不少書。可是我讀書的方法卻大有問題，照理說關於某個主題的書，一口氣讀好幾本，該讀的書先擬好計畫，然後全部閱讀的話，對這個主題就能擁有自己的意見了，可是我並沒有定這樣的目標。

大學時代的我，讀書方法只是鄉村兒童時期的延長。只有自己能買的書籍數量增加了，差別僅此而已。

我讀一本書，如果發現有趣的話，就會一本又一本繼續閱讀這位作家的書。不久之後，就會發現自己沉浸在相同領域中——例如法國小說家的書——接下來想要讀什麼書。這樣一本又一本地讀下去，沒有止境，也沒有終點。

只有一點，雖然我已經寫過了。我小時候母親教過我一種讀書的方法。實際上，與其說是教我，不如說是被母親罵了，一面嘗到教訓的心情，一面改變讀書方法，才學到的……

我把公民館的書全部讀過了，這個村子已經沒有可以讀的書了，我這樣說時，母親把我帶回那裡去，從書架上拿起一冊又一冊的書，問我說，這本書上寫著什麼呢？

然後，看到我沒辦法好好回答。

——你是為了忘記而讀書的嗎？她這樣說。而且一副非常遺憾的樣子，明顯流露出失望的表情……

從此以後，我每讀過一本書，便會在筆記或卡片上寫下讀過了什麼，養成這樣的習慣。一面這樣做，一面想著自己還年輕，總有一天，過去讀過的書累積起來，就能成為很可觀的知識吧，不當一回事地這樣天真想著。

4

大學畢業後我沒有去公司上班或到學校教書，當我開始想寫小說而不去就業時，就去渡邊老師家請教。當時，老師給過我一本筆記。他說只有前面十幾頁有寫字，這是戰前在巴黎買的很美麗的筆記簿，如果不嫌棄的話就拿來用吧。我在老師面前翻開那本筆記簿看看，嚇了一跳。那上面，有一句不知道什麼時候寫的話。

——我的人生總是半途而廢。

留下了這樣的句子。

老師以法國十六世紀拉伯雷（François Rabelais）這位作家為中心，一面翻譯他的巨著，一面以他所生活的時代為出發點，研究人類如何才能活得更有人性的思想。無論就誰看來，老師幾乎都沒有半途而廢的地方。如果像老師這樣的學者，都會這樣想的話，自己該怎麼辦才好呢？我覺得很害怕。

這時老師對感到消沉的我，提點了一種一輩子都可以運用的讀書方法。

——光寫小說會很無聊。你可以選定一位作家、詩人、或思想家，花三年時間，持續閱讀和研究他的作品。

老師又說：

——因為你想當小說家，所以沒有必要成為專門的研究學者（意思是沒有辦法當成），到了第四年，你就可以朝新的主題前進了。

對我來說，母親和老師給予的這兩個教導，比什麼幫助都大。

## 5

最後，關於如果年輕人能做到的話，年輕時的我，雖然很熱忱地想知道些什麼，但實際上對於自己所生活的社會要如何去改造這一點，我卻是個不太積極的年輕人。

而且，如果已經不再是「準邊緣人」，而到了對社會不得不負起責任的年齡時，我的行為中心，依然只有面對書桌寫文章而已。現在和這個國家的社會中，實際擁有力量、在議會決定國家前進方向的人同一年齡層，或者變得更高齡後，我的做法還是照舊。

——這種前進方法是不正確的吧？並不是仔細思考就會有利，硬要說是因為在人性上是正確的，因此就算辛苦也要這樣做，也不見得，對吧？

這種疑問，我通常只寫在雜誌和報紙上，和在演講會上談論而已。

老師的筆記簿上寫的「半途而廢的人生」這句話，不就是為我預言的嗎？我甚至這樣想。

從大使的致辭中，我知道我所領到的同樣的勳章，也頒給直到現在都在聯合國難民機構擔任官員的緒方貞子女士時，我彷彿看到草坪深處的樹林中，小時候的我自己身旁，也站著同樣不可思議地望著這邊，然而頭髮已經變白的我自己的身影。

於是現在，如果我要修改那句古老諺語的話，將會變成這樣：「如果年輕人能知道！如果年輕人能做到！」

在知道而且那樣做到的年輕人旁邊，必須也站著小孩和老人才行，我想。這包括「我們」全體，都必須知道自己所活著的社會、活著的世界，而且衷心希望，能夠多少朝向更好的方向前進。

# 忍耐與希望

## 1

去年春天，我在京都一個大寺院所舉行的「全戰歿者追悼法會」的集會中演講。悼念所有因戰爭而死去的人——不分敵方友方，也不分士兵或普通市民——的法會，我與這種想法有共鳴。因為我不是佛教徒，因此對召集這個集會的宗派寺院名字，在這裡也就不寫出來。

在演講的最後，我談到我之前寫的〈寫給孩子們讀的卡拉馬助夫兄弟們〉中阿萊莎的演說，希望各位接下來能讀這一篇。

我想，我們現在，一定要和巴勒斯坦人保持橫向聯繫。各位聽過這句話之後，會再從電視和報紙等其他媒體獲得各種資訊——可能也有人活用網路——整理出具體想法，然後，假設對朋友這樣說。

——巴勒斯坦人的痛苦，我們一定要當作自己的痛苦來接受，我想是這樣的問題喲。

聽到這句話的人之中，也許有人會笑你。就算沒有，能從正面談到這種事情還是需要勇氣的。

例如在日本，我去上電視時說了以下這樣的話。有一位叫做愛德華．W．薩依德的人，他是一位優秀的文學文化理論家。身為巴勒斯坦人的他，正在承受苦難。以色列這個擁有強大軍隊的國家，和抵抗以色列、主張把自己被奪走的東西（薩依德的土地和許多權利全部都被奪走）取回來的人，這兩者現在的爭戰，具體上應該如何解決，還看不到清楚的道路。他自己雖然擁有遠大的理想視野，但還沒有機會向巴勒斯坦的領導者做適當的說明。

薩依德對於巴勒斯坦的「自殺炸彈恐怖攻擊」，一直表示反對。幾天前，十八歲的巴勒斯坦少女發動「自殺炸彈恐怖攻擊」，當然她死了，許多巴勒斯坦的市民感到悲傷。薩依德說，雖然他不肯定這種做法，但也許他比任何人都感到更深切的悲痛。他說：

——可是如果沒有這件事，全世界可能不太知道這裡正在發生的事情吧。一面這樣痛苦著，一面尋求解決辦法，把現在的狀況繼續向世界投訴。對於這樣的薩依德，我願意和他並肩努力……

在電視上看到的這些人之中，我想也許有人會嘲笑，一個日本小說家能做什麼呢？沒錯。但是，我想我有必要拿出勇氣來說話。阿萊莎的演說中就有提到，我想為全世界所有的人受苦，少年這樣喊道。這句話要說奇怪的確很奇怪。但就算這樣，小孩子能做什麼呢？這樣冷笑對嗎？就算被笑也好，拿出勇氣來，自己要為世界上的人而受苦，如果有孩子能這樣說，對此我萌生希望。

## 2

我在京都的寺院裡，以佛像為中心所設立給和尚和信徒們祈願的寬大場所中進行演說。我想起小時候對寺院所感覺到的近乎害怕的莊嚴肅穆感，使我一直很緊張。

後來，我再度在寺院發表一場演說，因為場所移到可以召開國際會議的大廳，所以聽眾有包括國中生、高中生，還有韓國和中國來的留學生們，我和這些年輕人舉行研討會。我多少從緊張中放鬆下來，面對年輕人的發言，可以自在地表達感想。

聽眾中有人提出疑問，我對一位女學生——我想是大學生吧——提出的問題，認為有必要確實地回答。在她提出問題前，她先將我剛剛的演講總結複述一次，但在她的複述當中，有我想要解開誤解的部分。我在美國和德國演講的時候，喜歡多留一點提問和回答的時間，因為這種做法首先就可以解開誤會，加深彼此的理解。

這位女學生談到在紐約九一一恐怖攻擊事件之後，對於美國攻擊阿富汗，包括日本在內的許多國家都出兵協助，她個人的看法。她也知道空襲轟炸造成許多被害者，也有人提出批評。對於今後阿富汗的復興，日本若能夠提供協助她會很高興。

尤其是過去強力支配阿富汗的塔利班勢力，在遭受攻擊後從佔領的都市中撤退。過去在塔利班的方針下，無法自由受教育的女性，生活逐漸出現轉機。這是過去只能以言語批判塔利班和該政權的人們，所做不到的事情吧？

女學生這樣說著，同時也提出對我的疑問。換句話說，我認為包括美國、日本在內，全世界各個國家對於大規模空中轟炸和戰鬥以及所造成的破壞，有必要想想是否可以用其他方法解決。她對於我這樣的發言，表示疑問。

光靠寫文章、演講，並不足以讓阿富汗的女性不用面紗，也不能取下叫做布卡的頭巾吧？

我接受這位女孩所說的話。像我這樣的日本人，還有在歐洲、美國寫文章和演講的人——女學生用「知識人」這個用語來稱呼。我也以一連串的文章來做為自己的定義，但對於實際上幫不上忙的指摘，我想並沒有錯——對於自己沒有做到的事情，必須要有自覺。甚至，想要繼續呼籲，我們能不能更和平地展望遙遠的未來而生活下去呢？

如果沒有那位十八歲女孩的「自殺炸彈恐怖攻擊事件」的話，全世界的媒體或許不會把巴勒斯坦所發生的事情大肆報導吧？關於這一件事情，這女孩以為薩依德和我都承認那悲慘事件的力量。我對女孩說明不是這樣子的。

## 3

我說過薩依德向來反對「自爆恐怖行動」這種事。這次的情況，對於十八歲少女採取「自爆恐怖行動」的痛苦，不用說薩依德深深感到哀傷。以此為前題，他說如果沒有這個事件發生的話，世界媒體也不會把巴勒斯坦所進行的不公正和悲慘，像現在這樣巨幅報導出來吧，他以黯淡的心情說。

我繼續說，尤其希望各位好好記住的是，薩依德對於紐約恐怖攻擊背後首腦是賓拉登的說法，徹底否定。薩依德在恐怖攻擊後馬上批判說，阿拉伯人雖然真的有很多想法，但在其中這一派的思想和行動卻是偏激的，他們對未來沒有認真的展望。

我也認為，賓拉登在錄影帶中所說的話，他們認為紐約那次巨大的「自殺炸彈恐怖攻擊事件」的實行者，會受到他們所信仰的神真心歡迎，這種想法和少女的「自爆恐怖行動」完全是兩回事。十八歲少女的行動應該和他們的想法完全不同。

少女的遺書上寫說，巴勒斯坦的領導者和跟他們在一起的男人們，並沒有在做真正推動現實情況的工作，因此為了促使他們反省，她要做自己能做的事。這位少女並不是因為宗教上的虔誠信仰而死的，而是為了今後活在世界上的人們。薩依德認為像她這樣的年輕人，才更應該繼續活下去，為巴勒斯坦的明天而努力，他一定是懷著這樣哀傷痛苦的心情吧……

## 4

回到東京，我立刻收到另一位在寺院聽我演講的以色列年輕母親寫給我的信。

「您有沒有讀過巴勒斯坦小孩所學習的教科書？在可怕的教科書下成長的十八歲少女，採取了自爆式恐怖攻擊。我自己在以色列的父母親，就是在一面害怕巴勒斯坦人的恐怖威脅下，一面過日子的。當我回到以色列的時候，我和孩子的處境也一樣。您採取贊同薩依德意見的態度，讓我覺得很遺憾。」

我回信給她。我重新說明我和薩依德對於那個事件的感想。我自己希望能把薩依德灰暗激烈的心痛傳達給大家，現在我們國家對巴勒斯坦的報導中，人性化的感情表現已經不見了，在這樣的情況下我有必要說話、要寫文章。

對於那位女學生、以色列的年輕母親——她是常常讀我小說的研究人員——還有讀到這篇文章的各位，有一件事我想再說一次。

薩依德一直以整理得非常好的複雜和深度，持續分析我們所生活的這個世界、這個時代的文化和國際情勢。除此之外，這位我的多年老友在我心目中的形象，是一位和白血病長期奮鬥，每年都要接受辛苦治療的人。

這位薩依德，對於巴勒斯坦和以色列提出的是什麼樣的和平解決之道呢？在全世界誰也還沒有答案時，他很有毅力且持續強烈主張的是，日本的媒體怎麼能夠把事情說得那麼單純呢？好像唯有顯示這種冷冷的態度——應該不至於到嘲笑的地步——才更能讓人真切感覺到他的願望。

剛才在寺院演講之後，我就在網路上看到刊登在開羅報紙上一篇薩依德的文章，上面有這樣的內容。

在這最困難的時候，我們對於現在的危機能理性地學到什麼？我們對於未來的計畫中能夠包含什麼？這是最大的問題。對於以色列的排外主義和好戰，我們的答案是「共存」。這不是讓步。而是建立聯繫，藉由這個來孤立排外主義者、差別主義者，還有（例如像賓拉登一派那樣的）基本教義派。

文章結尾這樣寫。

身為巴勒斯坦人，我們逃過一切嘗試抹殺我們的人，繼續生存下來，我們保有如此的視野和社會。這樣才有意義。從這裡出發，繼續保持批評和理性，並且擁有希望和忍耐，對於我的孩子們和你的孩子們的世代，這樣的社會才有幫助。

我一面想給年輕人看，一面翻譯，用字卻變得困難起來。但是，我相信各位一定能夠感覺到，薩依德是為了巴勒斯坦的孩子，還有以色列的孩子，甚至包括各位在內的全世界所有一代又一代的孩子，懷著請願的心所寫的。

而且，薩依德讀過我的作品，我想再補充一件有關我個人的事情。

我的小說中，第一本被翻譯的長篇是《個人的體驗》。那是根據阿光出生後我所經驗到的事情所寫的。年輕的父親，面對帶著智能障礙出生的孩子，不知道要怎麼接受這個事實。煩惱、痛苦之餘，甚至想逃到什麼地方去，最後終於下定決心，要和這個孩子一起生活下去。

於是，我把年輕父親腦子裡浮現「忍耐」這兩個字的一幕寫了下來。英語翻譯和薩依德的隨筆同樣是forbearance，這個字成為整本小說最後的單字。

當我寫這本小說時，也決心要在現實生活中和智障的孩子一起生活下去。因此我也感覺到，必要的力量是「忍耐」。然後經過將近四十年，現在阿光成為我們家庭的中心。我以小說和隨筆所寫的全部作品，如果沒有他的共存——薩依德使用coexistence這個字——應該無法成立。

而且當時，我只想到忍耐這件事，現在卻發現其中也同時伴隨著希望。讀過這一連串文章的各位，應該也感受得到在這本書裡的許多文章中，和阿光一起生活為我和家人帶來了多少充實和喜悅。我相信，薩依德從**這裡出發**，能繼續批評地、理性地，帶著希望和忍耐繼續努力，未來是光明的。

阿光贈予我們音樂。薩依德的孩子們的世代，為了補償父親們那一代所受的苦難，所回贈的禮物，一定是美好而充滿鼓勵的東西，我們有什麼理由不這樣相信呢？

# 生存練習

1

連我自己都沒有想到，一旦開始試著寫文章，在我小時候就去世的父親所說的話所做的事情，我竟然能陸續想起來，讓我可以繼續寫下去。

而且，除了以後應該也還會繼續一起生活的殘障長男之外，其他孩子都離開家之後，我想現在身為父親的自己，所說的話所做的事情是否會留在他們的記憶中呢？會不會我所說的話所做的事情傷害了他們的心呢？有時我會這樣感到不安。

我偶爾會想起，每年夏天全家出門到北輕井澤去的事情。有一段時期，女兒想要跟一個叫做「小雨點」的小女孩在一起。次男則喜歡一個可能是漫畫中出現的小個子老人科學家，動不動就說：

——我的科學裡，沒有不可能！

這樣模仿著「博士」。

某個下雨天，我跟他們講關於「小雨點」和「博士」的新冒險故事。在森林裡「小雨點」遇到一群惡漢，全身都快被打散了，故事進行到這裡。

當時年輕的我，心裡還懷有黑漆漆的疑團，有一段時期不得不想到這種事情。雖然如此，「博士」還是立刻趕過來。

——我的科學，沒有不可能！

應該是這樣的。

沒想到，女兒卻大聲哭著抗議，次男也跟著同聲附和。我沒能說到「小雨點」如何被「博士」修理成一個全新的女孩子的情節。我每次想起那個夏天下午的事情時，就會覺得難道自己才是那個破壞孩子們心中重要東西的惡漢嗎？

## 2

我們發現剛學會講話的次男是個開口說起話來，話語就會合乎文法的人。後來這老讓女兒不耐煩。

——二哥每次說話，就像寫文章一樣！

同樣是住在山中小屋的時候，我們所住的大學村道路正在維修，路和樹林交界處挖了一個深深的洞穴。次男帶頭走在散步的家人前面，一面想著事情一面走著。我看著他，心想他會不會掉到洞裡去。但是，通常有了這樣的念頭，總會慢半拍開口是我的性格。就算說了，次男也許會說，別把我當小孩子看待，叫我不要掉到洞裡去，這樣說很失禮等，這是次男的個性。

我默不作聲。於是，次男掉到洞裡去了，一面往下掉還一面喊叫。

——啊，我正在掉到洞裡！

這件事，變成全家愛提的話題。又不是像《愛麗絲夢遊仙境》那樣長距離的掉落。在喊叫的後半段，想必已經一屁股掉到洞穴底下了吧。雖然如此，對我來說，確實真的是正在掉到洞裡，和那姿勢重疊著，如同實況轉播般的次男聲音從我的記憶中醒過來。

不知道是次男說的還是女兒說的，總之在我的記憶中他們都各自說過這樣一句話。當時全家人正在看電視。畫面是一個人在溪流邊釣魚，然後小心地把可能是岩魚，也可能是河鱒放回水中的情景。同樣住在山中小屋時也會去釣魚的我想著——釣魚的目的是為了讓長男吃魚，我習慣一天釣一尾魚回家——雖然魚是在水中，可是這樣長久時間被抓在手掌中，還活得成嗎？在我身邊的兩個小孩中的一個說：

——讓牠們練習生存吧。

然後，另一個認真地繼續說：

——被迫練習生存，很累喲！

3

有殘障的長男和我之間，也許不是小孩和大人的關係吧？現在我有這種心境。我們兩個人，感覺一直都是彼此對等的。

有一次，我內人對長男說：

——以前，爸爸出門常常揹著阿光到處去噢。音樂會的會場有長長階梯的地方，就像一頭熊揹著另一頭熊，一步一步往上走似的。

——是啊，我揹著爸爸。

阿光鎮定地回答。

我也加入試著談論時，發現阿光完全不認為被我揹過。也許對揹這個動作的理解有問題吧。既然這樣，內人就花了很長時間，畫出看得出是阿光的年輕人，被做父親的我揹著的畫。但是阿光看到那幅畫卻說：

——是啊，我揹著爸爸！

——說起來，我也有被阿光揹著的感覺，讓別人看見了也無所謂。因為是被兒子揹呀，沒話說。對周圍感到困惑的人，我還想這樣打招呼呢。

我甚至還這樣承認。

## 4

父親和有智能障礙的孩子的關係，一般來說不是有這種對等的性格嗎？我看了中國電影《洗澡》後這樣想著。

發現這部傑出電影然後告訴我和內人的，是去電影院看了兩次的女兒。等錄影帶一發行之後，我終於也看了。

這部電影居於中心位置的人物，叫做阿明——標題上寫著阿明，但是耳朵聽起來，卻感覺像阿妙——是個殘障的年輕人。其他人物也一樣，不過飾演阿明的明星真是演得非常出色。

像我們這樣有智障兒的家庭，每次遇到有同樣立場的年輕人和女兒出現的電影時，都會非常關注。到目前為止，我和內人最感動的，是《雨人》，由達斯汀・霍夫曼演自閉症——而且有所謂「學者症候群」，只有某方面擁有過人能力——的青年。

我想達斯汀・霍夫曼可能見過好幾位自閉症的人，仔細觀察過每一位的不同個性吧。從表情、動作，到細微的運動方式等。這一切都真的很有魅力。《雨人》上映後不久，正是長男剛到殘障者社福工作坊去工作的那段時間。當我去接他而和其他母親們交談起來時，有人很誠懇地這樣說：

——達斯汀・霍夫曼就是我家的孩子。

在世界知名的日本導演的電影中，也有出現智能障礙者，但都只帶到濃厚的陰暗色彩，感覺不到觀看作品的快樂和喜悅。當然殘障者有陰暗辛苦的一面，這是我們全家人親身經歷且深切了解。但是，每一個殘障孩子都各有他們會讓你看呆的善良、明朗，和人性。從他們的表情和動作中所呈現的這些特性，對我們全家人來說都是最大的鼓勵。

《洗澡》中的阿明，正是全身都在表現這個特點。阿明和父親在北京街上經營澡堂。這是古老的氣派澡堂，電影所呈現出來的是替客人搓背、按摩的父親工作的模樣，經常來光顧的那些個性風趣的客人，以及阿明愉快地做著打掃等工作的畫面。

有客人一面淋浴，一面高聲唱「'O Sole Mio」（我的太陽），也有為生活問題正感到焦躁的客人，覺得很煩於是把蓮蓬頭關掉，歌聲隨即停止了。社區遊藝會上，站在麥克風前的客人，沒有蓮蓬水聲居然唱不出來，直到找到灑水用水管的阿明幫他灑水後，才成功地唱出「'O Sole Mio」。

阿明的哥哥從新產業興盛的南方都市回到家，說要去買回程飛機票時，阿明很快地抓起他的手腕，說要一起去。這和不常加入談話但卻很認真聽著的阿光，有時候動作如出一轍。可見他觀察得很仔細，表現得很準確。

然而，阿明在機場卻迷路了，哥哥怎麼找都找不到他，只好回家。客人當然都很

擔心，平日常常稱讚長男的父親則非常生氣罵他說，那麼大的身體也會搞丟嗎？明知道這樣說也沒有用……

夜深了，阿明像小時候做過的那樣，以木片觸摸道路一側牆壁的方法，平安走回家來。

## 5

這裡最感動我的是，讓我想起同樣的事情。

阿光在上特殊教育學校中學部時，我們要到車站去迎接一位搭新幹線到東京的親戚，這時候，動作很快地走出玄關的阿光和我一起出門。就在進新幹線的入口處，當我在買月臺票的時候，阿光卻不見了。接下來的半天，我就在東京車站裡到處找他。

途中加進來的內人，雖然默不作聲，但顯然感到很不滿意，**身體那樣大的人也會**

看不住他，我越來越沮喪。

那時候，我往最壞的方向去胡思亂想。如果阿光搭上電車去到遠方，在某個車站下車的話，豈不是永遠都再也見不到他了嗎？我一面這樣自尋煩惱擔憂著，一面撥開人群到處尋找。

結果，天黑了之後，才發現站在「光」的月台上，正眺望著開始飄落的雪花的阿光。我以為阿光沒有月臺票沒辦法通過新幹線的剪票口，於是一直在地方線的車站裡尋找。可是沒想到，阿光卻能以「不可思議的力量」通過剪票口，一直記得親戚會搭新幹線來，於是就在那裡等候。

## 6

《洗澡》這部電影以不可思議的力量，將智障阿明的動作和他心裡的不安和憧憬毫不勉強的連接起來，描寫得深刻動人。

然後，父親忽然去世了。阿明不願意接受這個事實，明明澡堂休業了阿明還像平日那樣繼續工作。直到最後，終於抓住哥哥痛哭流涕，不得不承認已經發生的事實，那一幕令人無比感動。我也曾經想到自己不在以後的阿光，在和妹妹與弟弟的關係中，重新展開新生活的樣子。

我到了這把年紀，才第一次弄清楚，小時候不用說，直到長成青年，長大成人之後，還有很多事情要作各種形式的「生存練習」，以便能準備迎接新的場面。隨著年齡增長，因為過去一直都在累積活著的經驗和智慧，所以不太常發覺自己現在還在做著「生存練習」。反而是在某個年齡之後，過去的生活方式和習慣，非要洗掉才能煥然一新，我想這樣可能才是符合年齡的「生存練習」。

因此讀小說、看戲劇和看電影也有幫助。小說、戲劇和電影，就是因此而存在的，我甚至認為可以這樣說。我自己也是以此為目標，做著寫小說的工作。

## 7

小時候，我覺得大人的話中很不可思議的，有一句是「消磨時間」。連小孩都那麼忙碌了，大人難道有不得不消磨的空閒「時間」嗎？我一面這樣想，卻一面覺得有無聊得傷腦筋的時間，老實說……

而且小時候，我給自己定了一個原則，電影偶爾才會來放映，接觸戲劇的機會一年大概也只有一次，因為是這樣的鄉下，所以總是跟書本做伴。

——我可不會為了「消磨時間」而讀書。

我這樣下定決心。

# 慢慢讀書的方法

## 1

你們看過「速讀術」和「速讀法」這種書的廣告吧？我經常想，這種書對於年輕人，尤其對小孩，不可能是好書。

大概只有那些從小時候到青年時，都沒有養成讀書習慣的大人，由於某種理由不得不讀書了，才會伸手拿起這種書來吧？

長大成人以前不常讀書的人，想要改造自己而做了一番努力，後來變成經常讀書的人，這種情形是有的。但是這種人更不會靠著從「速讀術」之類的書上記得的技術，在特定的期間讀大量的書，反而是慢慢而確實地讀書，在從今以後的一輩子，都真正以「讀書人」過日子，我想這樣應該比較好。

2

我讀過這樣的報導，有一位著名的新聞女主播，休息一段時間到美國的研究所去念書。她邊讀書邊把報告像寫信一樣寫出來。她寫說，每星期要把自己所學的新聞理論的大書，讀個五、六冊，寫成報告，在班上討論。

我並不認為她在說謊。不過，我想這才真的需要「速讀術」和「速讀法」吧。美國也有這樣的書。不如說美國正是速讀的發源地。

我也在紐澤西的大學，開過正式課程。首先必須寫出一學期預定教授的內容，事先通知學生。為了準備這個，要先請教同事，到底該讓學生讀什麼樣的書，讀多少量。但總覺得那樣的量太勉強了，因此開始上課之後，到那位教授的班級去，得到學生的理解之後，也請他們讓我看他們所寫的研究報告。

這是一所優秀學生們齊聚一堂的大學，他們都很認真，學習意願很高。但是在班上討論的學生，對於做為題材的書並沒有從頭到尾讀過。面對這種情形我不以為然。美國大學的出版部所出的專門書中，附有詳細的索引。我想大家似乎只根據這個索引，只讀班上可能拿來當作話題討論的部分。

以我的能力，就算持續一星期讀個不停，英語專門書最好是只讀一本。例如但丁的《神曲》是那週班上的主題，這個我很感興趣。於是我把自己所讀過的研究專書，認為有趣的點、疑問點，拿出來講，但理會我的只有教授而已。事實上，全班沒有一個學生想要成為但丁的研究者……

一面對照著讀幾本書，一面要在短時間裡調查事實和意見的話，索引很方便。但是依賴索引的讀書方法，是只摘取自己必要的地方。實際上出社會的大人，因為需要，經常只摘取有用的東西來讀，應該會有這種情形。

但是，閱讀一本書，並不是只為了摘取其中的必要部分而已。應該要將自己全部精神完全投入書中，這樣閱讀才對。並不是說全部的書都得這樣讀。但尤其是年輕時，如果遇到真正重要的書，就要這樣讀。使用索引來摘取必要部分閱讀的方法，將更加無法遇到能決定自己一生的重要的書。

我剛才寫了〈寫給孩子們讀的卡拉馬助夫兄弟們〉的文章。這是為了讓根據我的文章讀這本小說的孩子，將來長成青年、長成大人之後，開始慢慢閱讀全本小說的日子預作準備而寫的。根據索引挑著閱讀，是自己關閉了有朝一日能從正面遇到那本書的道路的做法。那是可能錯失掉多麼大的東西的不幸事情啊？我甚至覺得這樣很可怕。

## 3

年輕人，尤其是孩子，讀書時所應該採取的態度，是什麼樣的呢？我從自己的經驗中有了答案。那就是慢慢讀，這是讀書的真正方法。雖然是很簡單的答案，但為了做到，必須鍛鍊能夠慢慢閱讀的力量。要實際做到，絕對不是一件簡單的事。

我自己就是一個會忍不住快讀的孩子。有一次母親問我，讀過的書的內容，我什麼都無法確實答出來。於是，這才發現書是必須慢慢讀的。

雖然如此，我還是會不知不覺就越讀越快，於是我下工夫找出訓練自己的方法。開始閱讀以後，還是會遇到因為內容有趣，無論如何都會越讀越快的書。於是我採取把會讀得很快的書和除非慢慢讀否則無法理解內容的書同時並讀的方法。

我還可以清楚記得，剛開始這樣做的時候，由於這種做法，當時在新制中學二年生的我被欺負的事情。

當時，被我當作慢慢讀的書，我也還記得。那是岩波文庫的《托爾斯泰日記抄》。其實連我自己都覺得很無趣，可是既然開始讀了，總要想辦法讀完吧，我經常把書放在口袋裡。而且一有一點點時間就拿出來讀。但因為沒有趣味，所以一次只能讀幾頁。就這樣只有短暫空檔的時候才讀這本書，如果有比較充裕的時間，就讀有趣的書。

可是，我經常隨身帶著一本文庫本的事情，讓班上身材最高大腕力也最強的學生感到有趣。於是，趁上課時間開始而老師還沒出現時，叫他的同伴架住我，把文庫本從我口袋裡拿出來，大聲嚷著：

——還在讀這個啊！

沒過不久，這種奇怪的欺負事件也傳到了教職員辦公室，有一位老師把我叫做窩囊廢。我對於搜查我的書並抱怨的同學，並沒有生氣，但如果是把我的書丟到運動場的水窪裡的話，那我可就會跟他拚了。

比起欺負事件更令我覺得辛苦的是，從托爾斯泰的日記中選出來整理而成的這本小書，要讀到最後一頁真不容易。以中學生的程度，從過去一點一滴累積起來的理解力，好不容易才能讀懂，對了，傑出的人就是這樣仔細觀察、深入思考之後，把意見整理並書寫下來。我感到十分佩服。沒有想到，這本書也有小孩子都感興趣的地方。不過，當時我的眼光不知不覺就離開書本，又分心想到其他事情了。就這樣，在連一頁都還沒有讀完的情況下，我又把書放回口袋裡。

讀著書時，又分心想起其他事情，我發現這是我的缺點。過了很久以後才開始意識到，這雖然確實是缺點，不過也並不盡然是這樣，或許也含有優點，總之這是自己的性格……

我在讀書的時候，常會被文章中的一句話引誘。在自己搭建的樹上小屋中，我從正在讀書的狀態中抬起頭來眺望河對岸的森林，開始空想起來。

長大以後，我讀到外國文學家所寫的隨筆中有這樣一節。電車對面那一側的座位上，坐著一位少年，他讀了一會兒書之後，就抬起眼睛眺望窗外的風景沉思著什麼。然後眼光再回到書本上安靜地繼續閱讀，多麼好的讀書方法啊……

我的情況，不是去慢慢思考書上所寫的內容，而是在恍惚空想著其他的事情，不過我想或許也有一點像這個少年的地方，因而感到很高興。

雖然如此，中學生的我，想要改掉自己動不動就想到其他事情的毛病，為此曾經做過一番努力。我拿起紅鉛筆——當時的紅色和藍色鉛筆，筆芯容易折斷，因此我用得很小心——讀過認為重要的地方就畫線。

用紅鉛筆畫引線，可以在那個部分特別注意地讀第二次。一面讀第二次，一面往前進，這樣做很好。困難的地方，總能在腦子裡一點一點逐漸留下記憶。還有，讀到後面時，前面是怎麼寫的，要重新回顧以前讀過的地方時，也覺得不麻煩了。因為可以靠著紅線立刻就找到，而且由於讀兩次，忍耐力也在無形中訓練出來了。

這樣的忍耐力很重要。能以一定的速度閱讀外文書之後就會知道，就算有一、兩行不太懂意思，也可以跳過去繼續讀下去。母語的日文固然不用說，就算是英文或法文也一樣，文章本身就有一股力量，在你一邊閱讀一邊把你往前推進。

電影的情況更明顯。思考周密所製作的電影，會有一股力量把你吸進去搭上故事的節奏往前推進。就算你覺得，啊，這裡搞不太懂，電影還是會繼續下去，對嗎？停一下，讓我倒回去看清楚，能這樣做，是在錄影帶普及之後的事。

讀書要能讀進去，必須從讀者這邊努力，而要讓身為讀者的我們能確實讀下去，寫書的人也要像運動競技場上的教練那樣，發揮實力。

於是，可以愉快且輕快地，就算多少有點摸不清什麼意思的地方，還是順著文章的氣勢，再往前讀。這樣讀下去時，到了某個地方，前面本來不太清楚的地方卻豁然開朗，恍然大悟。就像攀登霧中的山路，瞬間晴朗起來，不但現在所站立的地方，連剛才走過的霧中山路也清晰可見了，就像這樣。

覺得這裡不太懂，一面這樣想一面讀下去的時候——尤其外文書——這是幸福的例子。年輕時，我就經常嘗到這種滋味。我讀過英文書和法文書，主要是小說。讀的速度漸漸快起來之後，覺得查字典太麻煩了。於是不查字典，就那樣以一定的速度邊享受邊閱讀。這樣進行下去。

實際上，讀完以後，就知道那個部分原來是這樣啊。好像是這樣。等到語言能力再提升一點以後，這次不只是為了樂趣，而是想更正確地讀懂這位小說家，再度閱讀時，才會深深明白第一次的讀法有多麼含糊……

## 4

讀書要慢慢讀的自我訓練，是因為有時候真正想讀的書，如果不慢慢讀就無法掌握內容，這種情況有必要慢慢讀。

這種書因為讀得慢，所以不太能往前進。最不好的現象是半途而廢就丟下不讀了。實在太難，沒辦法繼續讀下去的時候，不妨把這本放進過一陣子要重新閱讀的書箱中。然後，時不時再拿起來試著讀看看。

雖然相當困難，不過如果你覺得現在讀這本書很重要的話，即使時間很短，也要每天——每天也是很重要的——去讀它，一點一點讀下去。當想到是在訓練自己的耐心時，我甚至覺得「遲讀術」或「慢讀法」這種書，也有必要了。

所以我很想說，其實慢慢讀書的力量，才是小時候就該培養的，學習這種力量的時間，小孩子比大人要多很多了。

yukari

# 別無選擇做「新人」

1

這本書的寫法，是從《為什麼孩子要上學》延伸而來的，為那本書畫插畫的內人和我都沒有想過，能受到這麼多讀者喜歡。我想為同一群讀者，也就是可以算是小孩子的人而寫，為年輕人寫，還有為他們的母親們寫，我懷著這樣的願望，寫出另一本書。

所謂另一本書，說起來對於寫作的我也很重要。剛才那本書，是把自己小時候所做的事情，感覺到、想到的事情，讀過的書，愉快的回憶不用說當然提到了，還有害怕的和悲哀的，甚至更複雜、重疊的感覺，也放在一起，盡可能自然地寫出來。

雖然如此，書出版不久後，我又想到要更深入一些、更有幫助一些地改寫，這樣的心情縈繞不去。可是如果這麼做的話，除非出另一本書。

雖然生長在不同的環境，和我同年代的內人，一面快樂地想起小時候，一面花時間所畫出的畫，我想是那本書受歡迎的中心力量。我內人似乎從小就喜歡畫畫。不過，並沒有為了當一個畫家而做過專門的學習。

內人跟我結婚後已經過了漫長的歲月，這段期間，內人從來沒有到過例如文化中心之類的地方去學過畫，也沒有和畫畫的朋友一起度過特別的時光。

老實說，我開始看到內人的畫，是在智能障礙的兒子五、六歲那時，看到他對她畫在卡片上的東西和人物顯示出興趣。內人什麼都沒有說。在阿光生日的時候，內人就畫了一些他喜歡的東西和人物——樂器或野鳥，或他妹妹——畫在我讀書時用來做筆記的卡片上。一一貼在客廳門上稍低一點的位置。

從那以後，每逢家人的生日，那裡就變成張貼卡片的地方了。然後過了幾年，我自己的文章拜託內人幫我畫插畫。一本由贊助日、法文互譯工作的財團所出版給醫師閱讀的季刊上，有我寫的隨筆，說要刊登彩色插畫，於是我想到找她畫。

接下任務的內人，一張水彩畫就花了兩星期以上的時間——一面還要做家事——畫的是花草和孩子們的情景。內人的哥哥是電影導演伊丹十三，他自己也畫很有魅力的畫，他曾經喊著內人的小名一邊說：

——阿由的畫，一開始就有風格了。

我對伊丹說：

——阿由小姐（這是我的叫法）小時候看到的東西，好像一直記得的樣子。可能是小時候第一次看到時，就一直很注意地看吧。雖然她平常不畫畫，也想要那樣正確地記住，所以腦子裡自然形成風格了噢。然後，她再花時間描繪出來。

我能夠立刻這樣說明，是因為自己也有同樣的地方。小時候，當我發現好像沒有風而樹葉也會搖動時，心裡就想到，不管東西也好風景也好，如果不注意看的話，就像什麼也沒看見一樣。

於是我為了確定自己是不是看清楚了，就在看過之後，立刻在腦子裡試著轉化成語言。這變成一種習慣，現在即使不留神也在做著同樣的事情。

已經將近四十年，我每星期會去游泳幾次，途中看見的東西想到的事情，我會邊游泳邊化成語言——因為在水裡，誰也聽不到啊——在旁邊看著要修正我自由式姿勢的教練甚至對我說：

——你像螃蟹一樣吹出氣泡！

就這樣，我創作出自己的文體，又再重新修改。

## 2

再出另一本書吧，這樣開始想的時候，我定了一個新的方針。首先要把想要傳達給讀者的根本東西先弄清楚，然後才開始寫……

而且這個訊息，是將我這十年來，真的是在游泳時一直反覆呢喃的話語，聚焦在希望孩子們和年輕人做一個「新人」這件事情上。

至少，希望他們能朝向做一個「新人」的方向努力。在自己心中先作出「新人」

的形象，希望實際上朝這個方向去努力接近。小孩子的時候，能試著這樣做和沒有這樣做，對我們一生的生活方式會有截然不同的差別。

而且，我要重複強調的是，所謂「新人」不是「新的」、「人」這兩個字詞的連接，而是分也分不開的一團字，在自己心中，我定下了希望能以做一個「新人」的姿態的理想。

還有，我想一併說的是，世界上有各種人，他們各自的樣子有其意義。雖然如此，「新人」並不是這其中之一。你可以是「好人」，你可以是「美人」，更可以是「頭腦好的人」，但是要說現在在這邊的你是「新人」，卻是無法跟其他「說法」相比較的，是特別的存在。

……現在的說明，我應該要說得更具體一些。也許有人要說，連你這個寫的人，都不太清楚自己想說什麼嘛！總之，現在請各位先把「新人」這個字牢牢地收起來，放在心裡。那麼，你們在遇到未來的某些時刻，應該會真的打從心裡想到：啊，所謂「新人」就是這樣的人。

到了那個時候，你們已經朝著「新人」的方向，踏出一步了。

3

我遇到「新人」這個詞，是在《新約聖經》中保羅的信中看到的。我不懂希臘文，所以無法說明原來的語意是什麼樣的感覺。在英文和法文《聖經》中，分別翻譯成new man和homme nouveau，因此從日文《聖經》的「新人」這個語詞，我想我們就按照字面所得到的一般感覺來體會就行了。

而且，在我遇到這個詞的〈致以弗所人書〉中，是以這樣的意思被使用的。基督締造和平，他藉著自己釘在十字架上的肉體，使原來對立的雙方合而為一，創造出一個「新人」。基督最終消滅了敵意，達成了和解……

身處於無比困難的敵對處境中的雙方之間，身為帶來真正和解的人，如此的「新人」正是我所要描寫的。而且，現在在我們所生活的世界中，有些人正在努力成為帶來和解的「新人（們）」而活下去，他們接下來還要向自己的孩子和他們的下一個世代，繼續傳遞「新人（們）」的訊息，並且永不失去實現這個理想的希望，我想誠懇地描寫這樣的人。

在〈致以弗所人書〉中，耶穌基督的信徒，和非信徒住在同一塊土地上——猶太民族和其他民族對立，互相燃燒著敵意的土地——要如何才能將耶穌基督的教義傳播得更廣，這是保羅所寫的信。保羅寫了好幾封這樣的信，他為了向不同民族的人，也就是異邦人，傳播基督的教義，而到各個地方去旅行。最後，被反對他的意圖和行動的人抓起來處刑。

擁有基督教信仰的人和雖然沒有這信仰但卻還是讀《聖經》的人都知道，保羅原來是與壓迫基督教立場的猶太教學者站在一邊，後來卻轉變成極具忍耐力的基督教徒的人。

我並不是基督教徒，對《聖經》也不甚了解。關於耶穌死在十字架上，使對立的雙方透過自己的肉體成為一個「新人」，帶來真正的和解這件事，我沒辦法說得讓各位信服。

我只是認為，死在十字架上，並成為「新人」的耶穌基督，祂復甦的這件事——也就是復活，並努力向弟子傳教——是人類歷史上最重要的大事。

而且我認為重心在於「做一個『新人』而能活得下去」這件事。永遠能繼續活下去的「新人」這樣的形象是根本所在。

## 4

愛德華·W·薩依德在給我的信中這樣寫，他一面思考巴勒斯坦和以色列的明天，一面認為下一個世代的教育比什麼都重要。我的想法也一樣。我希望大家把為了成為一個「新人」的教育，自己教育自己地活下去。當然教育，本來是要從別人那裡學到東西。可是我認為一切的基礎，必須要是你有想要接受教育的意願。在這裡所寫的，從小到大的經驗，使我這樣想。

自己想要接受這樣的教育，這種願望，在不太有經驗的年輕、幼小時候，思考的事情有時也會出錯。不過那是可以做些微調整的錯誤。因為是自己所想的事情，所以那錯誤本身，也許多少會什麼有幫助。以我來說，那雖然錯了，但很有趣，回想起來很愉快的事情還真不少。要做一個「新人」，這樣定下目標，並且為了消除敵意，帶來和解，要做成為「新人」的自我教育，我希望各位朝著這個目標努力。

——這麼說，你自己當個「新人」就好了，你們心裡可能會這樣反覆想。

沒錯。可是，我已經活到老人的年紀了，自己是個舊人。我知道沒辦法當一個「新人」。前年，我在電視畫面上看到九月十一日紐約的恐怖攻擊時，心裡想的，正是這件事情。

「新人」要消滅敵意，帶來和解——以釘在十字架上的耶穌基督為模範——從想到這句話的保羅時代到現在，已經過了兩千年，我們人類還沒有做到！證據就在全世界有多少人看過那則電視新聞呢？

然後我們，這個世界上的舊人大人們，還以為依賴可能毀滅全人類的核子武器，可以維持地球的和平。長久以來，也有人以為只要逐漸減少核子武器，最終可以完全消失，他們很有耐心地持續努力。支持這些人努力的原理，肯定帶有不要忘記廣島、長崎因為核子炸彈而喪生的死者和負傷者這樣的想法。

然而現在，自從紐約那個恐怖事件，阿富汗，還有尚未結束的伊拉克戰爭，現在又把擁有的核子武器整備成隨時可以使用的東西，在這樣的目的下，持續進行所謂的未臨界核子實驗。為了製作新的核子武器，美國重新開始生產——長久中止生產的——鈽。這就是「舊人」世界的現狀。

在這裡我要再一次把這個單純的字句寫下來，做為對各位呼籲的結語。請各位做一個消滅敵意、達成和解的「新人」。朝著做「新人」的目標方向努力邁進。除了做「新人」之外沒有別的辦法。

為了達到目標，不管多麼困難，首先必須繼續活下去。釘在十字架上，再復活的人，在這兩千年來只有一個人。今後為了新世界的未來，「新人」必須越多越好。

ゆうしょう

最初刊載於：《週刊朝日》雜誌
從〈黑柳女士的琴琴隊〉到〈別無選擇做「新人」〉
二〇〇三年一月三／十日號～二〇〇三年四月十八日號

大師名作坊 202

# 給新新人類（紀念新版）


作　者—大江健三郎
譯　者—賴明珠
編　輯—黃子萍
封面設計—謝捲子@誠美作
內頁排版—芯澤有限公司

總編輯—嘉世強
董事長—趙政岷
出版者—時報文化出版企業股份有限公司
108019臺北市和平西路三段二四〇號三樓
發行專線—（〇二）二三〇六—六八四二
讀者服務專線—〇八〇〇—二三一—七〇五・（〇二）二三〇四—七一〇三
讀者服務傳真—（〇二）二三〇四—六八五八
郵撥—一九三四四七二四時報文化出版公司
信箱—（一〇八九九）臺北華江橋郵局第九九信箱

時報悅讀網—http://www.readingtimes.com.tw
電子郵件信箱—liter@readingtimes.com.tw
法律顧問—理律法律事務所　陳長文律師、李念祖律師
印　刷—勁達印刷有限公司
二版一刷—二〇二三年十月十三日
二版二刷—二〇二四年二月二十二日
定　價—新臺幣三六〇元
（缺頁或破損的書，請寄回更換）

時報文化出版公司成立於一九七五年，
並於一九九九年股票上櫃公開發行，於二〇〇八年脫離中時集團非屬旺中，
以「尊重智慧與創意的文化事業」為信念。

給新新人類 / 大江健三郎著 ; 賴明珠譯. -- 二版. -- 臺北市 : 時報文化出版企業股份有限公司, 2023.10
面；　公分. –（大師名作坊；202）

ISBN 978-626-374-317-5（平裝）

861.6　　112014597

"ATARASHII HITO" NO HO E
by OE Kenzaburo
Illustration by OE Yukari



Originally published in Japan by Asahi Shimbun Publications Inc, Tokyo.
Chinese (in complex character only) translation rights arranged with OE Yukari, Japan through THE SAKAI AGENCY and BARDON-CHINESE MEDIA AGENCY.

ISBN 978-626-374-317-5
Printed in Taiwan